苦海・浄土・日本

石牟礼道子 もだえ神の精神

anaka Yuko

a pilot of wisdom

目次

1983年12月　芦北・鶴木山より不知火海（八代海）を望む　撮影＝宮本成美

章扉・図版作成／MOTHER

本書に引用した石牟礼道子との対談は『毒死列島　身悶えしつつ―追悼　石牟礼道子』（金曜日、二〇一八年）所収のもので、金曜日、そして石牟礼道生氏の許諾を得て掲載した。また第二章の「私たちの春の城はどこにあるのか？」は『完本　春の城』（藤原書店、二〇一七年）所収で、同じく藤原書店の許諾を得て再録した。関係諸氏に感謝申し上げたい。

序章
石牟礼道子の重層する「二つの世界」

1970年　写真提供＝朝日新聞社／ユニフォトプレス

二つの世界

石牟礼道子とは何度も出会ってきた。もちろん一方的に、である。最初は一九七〇（昭和四五）年、大学一年生のとき、法政大学文学部日本文学科の授業においてだった。古代文学者で民俗学者の益田勝実（一九二三―二〇一〇）が、その前の年に刊行されたばかりの『苦海浄土―わが水俣病《みなまたびょう》』（講談社、のち講談社文庫）のくだりを、声に出して読み始めたのである。耳に聞こえてくる言葉を追いながら、「これも文学か。この世にこういう文学があったのか」という驚きが湧き上がっていた。

自由に動かない手足を持った胎児性水俣病の子供たちが精いっぱい生きる姿、彼らを「身を引く気配」で見るよそ者の大人たち、発病の記録、家族の死亡記録、病院の様子、医療データの言葉から成る厚生省への報告記録、専門用語でつづられた医学雑誌の記述、そして、彼らが水俣方言で語る彼ら自身の日常。客観的な記録と、当事者たちの内面の言葉がないまぜになったその世界は、私が初めて聞いた予想外の文学だった。

益田勝実は下関の人だったので、天草・水俣方言を正確に読んだわけではないだろうと思う。それでも、耳に響いてくる、方言を基調にしたその言葉は圧倒的だった。いったいなにが、まだ一八歳だった私を揺り動かしたのか。それがずっと心に引っかかっていた。

石牟礼道子（一九二七―二〇一八）は、天草に生まれ水俣市で育った。代用教員を経て主婦をしながら谷川雁《がん》（一九二三―一九九五）の「サークル村」に参加し文学活動をおこなった。『苦海浄土―わが水俣病』が絶賛され、第一回大宅《おおや》壮一ノンフィクション賞となったが受賞を辞退。その後、多くの賞を受賞し、世界文学全集の一巻にもなった。『石牟礼道子全集 不知火《しらぬい》』（藤原書店）も編纂《へんさん》され、ノーベル文学賞に値するともいわれてきたが、惜しくも二〇一八年に亡くなった。

私はいまでもノーベル文学賞に値すると思っている。しかし水俣方言を特徴とするその記述は、日本の方言に込められた独特の感情を英訳するのがきわめて困難で、たしかに世界的普遍性を獲得するのは難しかったのではないかと思う。逆にいえば、日本の多様な風土を背景にした地域文学としての個性が際立っていて、私のような首都圏の片隅に生きる一介の女子大生に与える衝撃は計り知れないものがあったのだ。

石牟礼道子の文学は私にとって「異世界」でありつつ「普遍」であり、一地方の言葉の世界でありながら、身体に響く言葉であった。そしてなにより、私の世代に向けられた言葉であった。胎児性水俣病患者の最初期の人々は、私と同世代だった。「私は彼らだったかもしれない」という思いを、私はずっと持ち続けている。

水俣病が、そのような「普遍」を抱え込んでいることを、石牟礼道子もわかっていた。第一章で触れる二〇一二年の私との対談（『毒死列島　身悶えしつつ―追悼　石牟礼道子』金曜日）で、石牟礼道子は田中正造を知って、足尾銅山鉱毒事件にかかわる渡良瀬《わたらせ》川を見に行った話をしてくれた。行政代執行がおこなわれようとした三里塚にも足を運んでいる。東日本大震災の際には、原発事故による放射能汚染を「人体実験」と呼び、「毒死列島　身悶《みもだ》えしつつ　野辺の花」という句を対談の中で、声に出して詠んでくれた。社会や政治が経済発展ばかりをめざすことで起こる人々のいのちのさまざまな困難を、水俣病という立ち位置から、石牟礼道子は凝視していたのである。

そして道子は、その後やってくる新型コロナ・パンデミック（世界的流行）で様変わりする世界を見ないまま、二〇一八年二月一〇日に亡くなった。こうしてみると、近代世界はあっという間に、数々の身もだえを起こしてきた。このCOVID-19と名づけられた二〇一九年末のウイルス感染症の発生と、二〇二〇年のその蔓延《まんえん》を、石牟礼道子ならどう考えただろうか。おそらくこれを、「近代の病理」という文脈でとらえたであろう。

ウイルスそのものは人類よりずっと古いわけだが、パンデミックは一九一八（大正七）年のいわゆる「スペイン風邪」が最初だといわれている。その前のペスト、天然痘、コレラは、それぞれの地域で個別にゆっくりと、長い時間をかけて広がっていった。たとえば天然痘はヨーロッパ人がアメリカ大陸に運び、多くの先住民が死亡した。これはある意味で征服の結果でありそれがやがて近代を準備したことは確かだが、全世界に広がったわけではなかった。コレラは幕末明治に日本に来た外国船によってもたらされたが、世界を短期間にかけめぐる状況ではなかった。

それに対し、スペイン風邪は第一次世界大戦の兵士たちによって、短期間に世界に拡大した。それ以降二〇〇〇年代まで、インフルエンザのパンデミックが繰り返された。COVID-19の予兆であったろう。病の原因はウイルスだが、パンデミックにはほかの要因がある。生態系への人間の進出だ。熱帯雨林への介入と破壊、温暖化によって野生動物の生息領域が狭められたことなど、人間と自然との関係のバランスが急速に変わった。そこに人間の移動域の拡大と移動時間の短縮が重なった。自然破壊の見直しが今後もなければ、また新たなウイルスがどこかからやってきて、同じことが繰り返されるだろう。

COVID-19の蔓延によってたった二、三カ月の間に世界の風景は変わってしまった。これから世界は、一九二九（昭和四）年の世界恐慌以来の大不況に見舞われるという予想もある。経済（経世済民）はいのちのために存在するものだが、経済と人命を天秤《てんびん》にかけながら政治が動いていくこの毎日を、石牟礼道子ならどう観察し、ほとんどがその当事者である世界の人々の苦悩を、どう言葉にしたであろう。この問いは、私ならどう言葉にできるか、という問いでもある。まだ答えは見いだせない。しかしこういう災禍のときこそ、「石牟礼道子ならどう書いたであろう」と問うことが、必要なのである。

石牟礼文学は「水俣病」という過酷な状況だけではなく、近代の引き起こした問題群および、一人の日本人女性が抱えたさまざまな苦悩と、その原因である日本社会の問題をも、抱え込んでいた。日本の近代のみならず、「日本の女はどのように生き抜いてきたのか」という課題に石牟礼道子は向き合ったのだった。そこには日本社会の、江戸時代から近代へ、近代から現代への歴史そのものが見える。

道子の晩年に取材を重ねた毎日新聞記者・米本浩二氏の著書『評伝 石牟礼道子』（新潮社）の副題は「渚《なぎさ》に立つひと」である。米本氏は序章でこう書いている「石牟礼道子は渚に立つ人である。前近代と近代、この世とあの世、自然と反自然、といった具合に、あらゆる相反するもののはざまに佇《たたず》んでいる」と。これは卓見であった。石牟礼道子の苦悩もその世界の素晴らしさも、まさに二つの世界のはざまに生きていたことに由来するからだ。

おそらく私の「これも文学か」という驚きも、石牟礼道子の言葉が持つ「渚」性ゆえではなかったか。医学用語を使ったルポルタージュでありながら、患者の心の中の言葉を聞き取ったなかばフィクションでもあり、標準語書き言葉による客観的な描写でありながら、天草・水俣方言による話し言葉でもある。いくつもの二重性が重なり合いながら『苦海浄土』はこの世に立ちあらわれた。

その様相は単純ではなかった。二つの世界は入れ子状になり、錯綜《さくそう》し、矛盾もしていて、石牟礼道子はいくつもの自分に裂かれていた。はざまに一人の統一された個人が生きていた、というより、分け裂かれて幾人もの道子が同時に生きた。私はそう思っている。

「二つの世界」には、多様な複数の「二つの世界」がある。まず「前近代の世界」と「近現代の世界」の違いをイメージしてみよう。前近代の世界といっても古代から江戸時代まで長い歴史があり、古代には縄文時代と弥生時代以降という、まったく秩序も価値観も民族も異なる時代がある。しかしここではそのような歴史区分を明らかにすることが目的ではない。あくまでも石牟礼道子という戦前戦後に生きた一人の女性の中に、幼いころの記憶として存在していた世界を「前近代」と名づけることにする、ということだ。前近代的なるものが個人の中に潜む場合、その人が生きた時代だけでなく、生きた地域、生まれ育った家とその家族が大きく影響している。人の中に潜む「非近代的なるもの」を考えると、歴史の時代区分がなんと抽象的で現実との大きなずれをともなうものなのか痛感する。

明治維新で近代が訪れたわけでないことは明らかだが、しかし急速な西欧化が意識的、政策的におこなわれ、列強の一つになろうという大きな野心によって強烈なエンジンがかかっていたことは間違いがない。すでにその時代に、やってきた近代と自分の生活の現実との深い溝を感じていた人々は多く、そこに日本の近代文学が生まれた。まさに文学とは、心身をともなった一人の具体的な人間が、新しい社会環境と「きしみ」を起こしている状況で生まれる。近代文学が人間中心社会への転換と、共同体を超えた個人のめざめであることは確かだろうが、それが唯一のめざす方向であったというのは誤謬《ごびゅう》であり、めざすに値する思想であることも幻想だったろう。近代文学は、うまく整合できない二つの世界に挟まれた人間たちの物語として読み直さねばならない。また明治維新が、幕藩体制の矛盾をすべて解消してよりよい日本を約束する、という期待もはずれた。結局、欧米の追随に過ぎなかったからだ。そのことは島崎藤村が『夜明け前』ですでに書いている。

石牟礼道子と「家」

近代文学の一つの大きなテーマは「家」であった。ではなんらかの改革を通じて家制度とその中の女性の課題は消滅したかというと、戦後社会になっても単なる「程度問題」にしかすぎず、ほとんどの課題は今日まで持ち越されている。石牟礼道子がまず生きる上で抱えていた問題は、この「家」に関することだった。

前述した私との対談で、石牟礼道子は「近代とは何か、ずーっと考えてきました」と語っている。そこから私の無花果《いちじく》の木の話が始まり、それが道子の代表作の一つ『天湖』につながっていくのだが、私の話を石牟礼さんは水俣の栄町《さかえまち》で体験した子供のころの記憶で応えてくれた。それは「鍛冶屋さんの裏庭に無花果の木が一本あった」話である。私が注目するのは、その一家の描写だ。おじさんは「いつも焼酎を飲んで、顔を赤くして上半身裸で、顔だけでなく身体《からだ》も真っ赤でした」。おばさんは「いつも色のあせた木綿縞《もめんじま》を着て、破れたところには他の布で継ぎ当てをして、そういう粗末な着物を着ていらっしゃるのですが、佇まいが上品でしてね」と。その後、ウナギを追いかけるおじさんと、馬車を引いていた馬がぶつかりそうになる迫真的なシーンを話すのだが、まさにこのおばさんの在りようは、前近代とりわけ江戸時代の農漁山村の女性たちが、家の仕組みの中で身につけた「徳義」を思わせる。

拙著『布のちから』（朝日新聞出版）で、私は「襤褸《ぼろ》」という章を書いた。継ぎ当てにはそれをおこなった人の品格がにじみ出てくる。これは自然の持っている循環と連なって、人間がものの循環を受《う》け容《い》れつつ制御するバランスの美しさのあらわれなのだと思われる。石牟礼さんが「徳義」について、近代が失った重要なものの一つとして語っていることは、もっと注目してよいことだと思う。

前近代の徳義はそのように、「家」の中にも顕現していた。家といっても、消費するばかりの家ではなく、生産拠点としての家である。石牟礼さんの生家は石屋で、それを「家業」としていた。「家」というものは企業でもあり農業共同体でもあった。江戸時代まで、「家」は物を作るところで、流通するところでもあり、稼ぐところだった。「家」は重要な産業の基本単位だったのである。

石牟礼さんの場合、生家には祖母のおもかさまと、母のハルノさんがいる。おもかさまの狂気は、もしかしたら、生産拠点の家が抱える矛盾のあらわれかもしれない。企業としての家に女性はなくてはならない。にもかかわらず、女性は決して「人間として」大切に扱われてはいない。祖父は外に女性を作っていて、それをあからさまにしていた。この構図は、古代の通い婚では目に見えなかった。婿取り婚であった場合は、夫の側に大いに遠慮が働いただろう。嫁入り婚が定着することによって、女性たちは嫁入り先で働き手として期待され、さらに子供を産み育てる役割を担うようになった。

石牟礼さんは詩人・民俗学者であり女性史学の創設者である高群逸枝《たかむれいつえ》（一八九四—一九六四）の『女性の歴史』（講談社、のち講談社文庫）を読んで、おもかさま、ハルノさん、そして自分自身の運命を歴史の中で理解した。第一章で詳しく述べるが、その最初の衝撃を対談の中で、「ある本の上に、光の輪が見えるんですよ」と語っている。なににつけ「おなごのくせに」と言われ続けた女性たちは、それが自分のせいなのか、なんのせいなのか、わからない。労働が過酷だというだけではない。必要とされながら否定され続けることの意味がつかめないのである。対談で語られていたのは、権利の主張、自由の謳歌《おうか》、楽な生活がしたい、ということではなかった。自我を主張したいわけではない。「自分の自我を主張することで、誰かが傷つくというか、人様の自我の領域を限りなく侵してしまうのではないか」と石牟礼さんは思う。そうならないで人が人とともに生きていくには「新しい共同体」が必要と語った。

「家」が重要であるということは、石牟礼さんにもわかっている。しかしその中に自分の人生が拘束され、取り込まれ、抜けようがなくなる。だから結婚したくない。でありながら石牟礼さんは結婚せざるを得なかった。

「家」は祖母・おもかさまの居場所であり、母・ハルノと父・亀太郎の暮らす場所であり、道子が生まれ育った世界でもある。それはなんとも懐かしい場所だ。しかし祖母と母の苦悩を感じ続ける場所でもあった。そしてそこから出たときその苦悩は、今度は道子のものとして、別の家の中で位置づけられる。生まれ育った家の中でも、嫁に行った先の家の中でも、家が社会の単位である以上、道子には「役割」があるのだ。それは夫がどのような人か、という問題ではない。社会の価値観が道子に与える存在の意味の問題なのである。

区切りのない世界

そのように「自分を拘束している家の中の道子」を、図で表してみた。「道子①」である。

一方で、道子は「家でないもの」の世界を幼いころから持っていた。「家でないもの」は、江戸時代においても、あらゆる創造の拠点として、非常に重要なものであった。私は江戸文化を論ずるにあたって常に「連」を拠《よ》り所《どころ》にして考えている。家業としての武家とその中で武士の役割を果たしている人たちは、「家」の外で別名を持って創造活動をおこなう。その活動は、「～連」「～社」「～会」という名称を持つ小規模の拠点においてなされる。もちろん武士だけ

石牟礼道子の世界

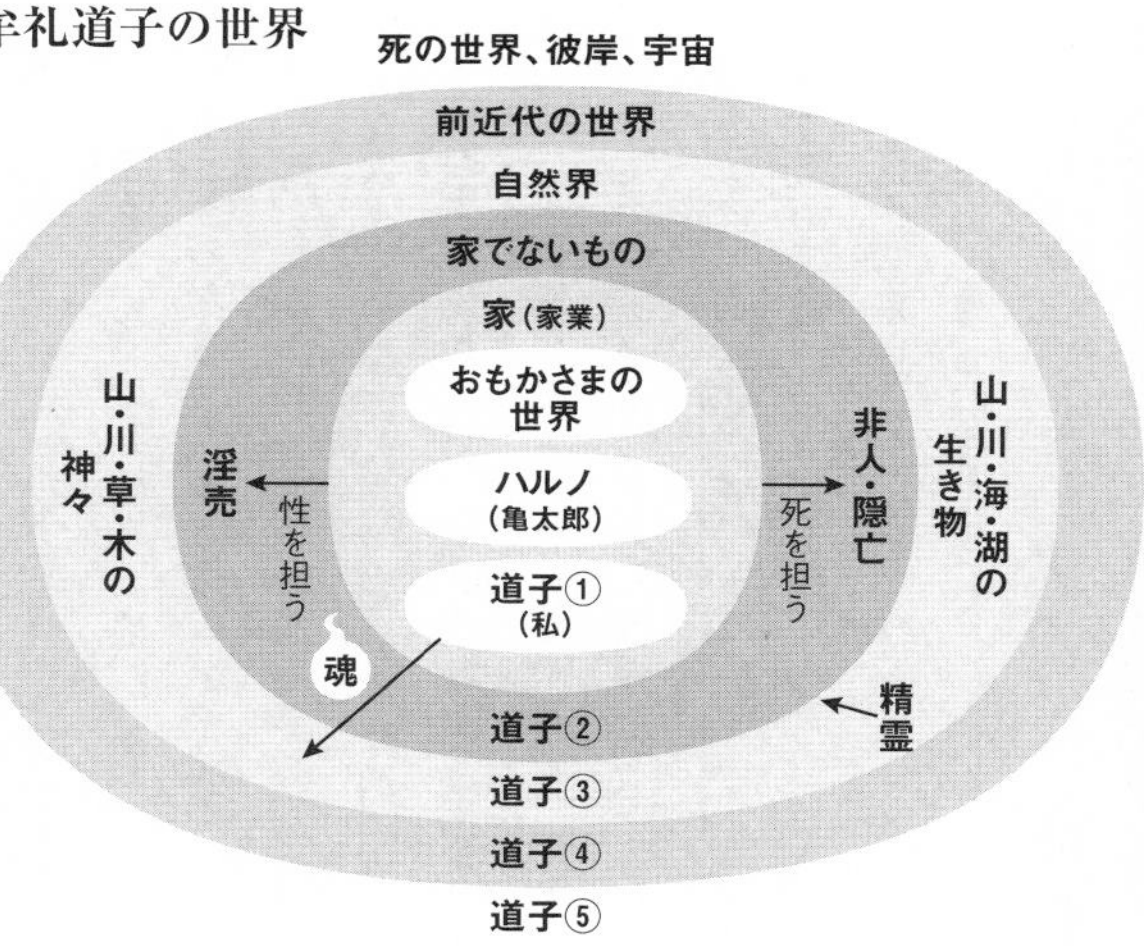

ではなく、商家の中で役割を持つ町人も、農家の中で役割を持つ農民も、職能を持って働く職人も同じである。職業と家とが密接な関係にあり、その家が「分」として位置づけられている社会を身分制社会と呼ぶことができる。しかし江戸時代の人々は「分」の中にも「役割」の中にもとどまってはいなかった。自ら複数のアバター（分身）を作り、複数の連で創造活動を展開した。その結果が江戸文化なのである。それらの連が動く「家でないもの」の世界を私は「別世《べつよ》」と呼んでいる。

道子も自分の中に「別世」に生きる「道子②」を持っていた。「別世」は「家」の秩序から見ると「家」に無縁な、物を生み出さない人、いまの言葉でいうと「非生産的な」

人々が属している社会でもある。石牟礼道子は彼らを「非人《かんじん》」（乞食《こじき》・放浪者・はぐれ者）、「隠亡さん」（死者の火葬・埋葬の世話をする者。元は下級僧侶の役目であった）、「淫売」という言葉で表現するが、そう表現するときは、自分と同じ境涯を共有する人として、親しみと愛着を込めて語るときである。秩序は彼らを差別する。前近代から受け継いでいる差別理由の一つは、彼らが「死」にかかわっているからである。そしてまた、定住することなく漂泊の民として生きていた人々もそこに入る。娼婦《しょうふ》は漂泊の民であり、タナトス（死）と表裏のエロス（性愛・生命）を担う存在として、やはり差別される。彼らはいずれも境界の者たちだ。「道子②」はしばしば、その境界に「されいて」行く。魂がされいて、あてどなくそちらに向かって歩く。

道子①②が生きるのが人間世界だとすると、さらにその向こうに「自然界」がある。ここには人間以外の生き物たちがいる。山・川・海・湖の生き物たちは、日本人が古代から祀《まつ》ってきた神々でもある。そこにも道子の魂は行き来し、草や木や生き物たちの精霊と出会う。生き物の世界に生きる道子を「道子③」とする。「私は熊本県の水俣で、山や川、海の様々な精霊たちの存在を感じながら育ちました。（中略）そして今も『泣きなが原』に棲《す》む精霊たちと交流しているような感じがしています」（『石牟礼道子〈句・画〉集 色のない虹』弦書房）という文章は、二〇一六年七月に詠んだ「泣きなが原 化けそこないの 尻尾かな」という句について書いた文章である。

動物や草木の精霊が見える世界は前近代の人たちにとっては珍しいことではない。その感性は明治に持ち越されて泉鏡花も人間と生き物が混在する世界を描いた。それは決して中国怪奇文学の影響のみとは言い切れない。なぜなら泉鏡花の描くイメージは、人間の向こうに生き物が透けて見え、物が生き物のように動き、影のようにあいまいな存在が目の隅をかすめるのだ。中国怪奇文学は、動物の精や亡霊が堅固で明確な姿をとってあらわれるのだが、泉鏡花文学やその前の上田秋成の文学、和歌や俳諧に詠まれる動植物や神々の世界は、人間世界と混然一体となった「区切りの無い世界」なのである。

石牟礼道子はそのような、自他の区別がつかない、人間が動植物と意思の疎通をする、という前近代の感性を生きていた。そのような前近代世界を生きる道子の全体を、図では「道子④」とした。

家に生きる家族とともに、その一員として生きる道子①、しかし家秩序からはずれた者たちと交流しその存在を受け容れる道子②、そして自然界の生き物や山・川・草・木の神々と意思をかわす道子③、それらの道子たちは、道子④の前近代世界の中で矛盾を感ずることもなく、安定した日常をもって生きられるのである。実際、江戸時代まで人は「区切りの無い世界」を生きていてもとくに非難されることもなく、苦悩はさほど感じなかったろう。

しかし道子は近代社会に生まれた。そこで生きていかねばならない。そこに道子の苦悩がある。それをどう表現したらよいのか。私はまず「道子⑤」を示した。そこは彼岸である。死の世界であり宇宙の秩序といってもよい。しかし身体を持って生きる道子にとっては、「道子⑤」とは生きていない道子である。道子④は、近代社会の価値観の中できしみ、苦悩する道子である。そこから逃れるために石牟礼道子は何回か自殺しようとした。石牟礼道子の生涯を貫く不幸感や苦悩は、近代社会に入ることのできない自分の存在を直視していることに由来する、と私は思う。

近代社会と数値

では彼女から見る近代社会とはどういう社会か。まず数値である。数で自分をとらえることだ。母のハルノさんは、自分の生年月日を知らなかったという。それもそのはずで、江戸時代まではそもそも誕生日が一般的ではなかった。ゼロ歳という数え方もなく、生まれたときに一歳となり、その後に来る正月で二歳になる。年末に生まれて数日しか経《た》たなくとも、正月には二歳なのだ。人々はいっせいに歳《とし》をとるので生年月日を知る必要はなかったのである。さらに、

近現代の世界

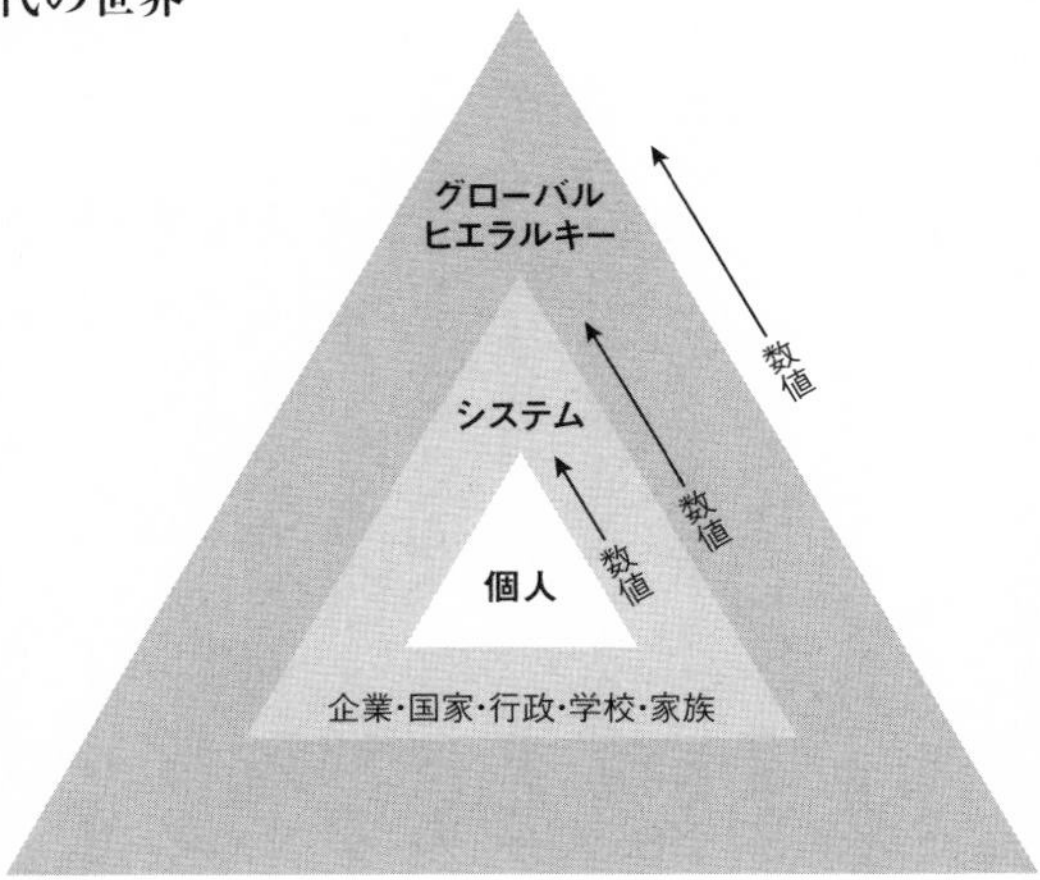

道子が生まれたときは出生届けが出されなかったようだ。そのため道子は小学校に入るのが遅れた。「届けを出す」ということを思いつかなかったのかもしれない。

個人をとらえる方法としての数字や記号が、この近現代社会にはある。生年月日、学年、学歴、身長体重、収入、住所、電話番号、運転免許証番号、健康保険証番号等々、さらに最近はマイナンバーがあり、健康診断時のさまざまな身体内部の数値もある。望めば遺伝子をデータとして分析することもできる。しかし人間をこのように数値でとらえることは、前近代ではなかった。江戸時代当時の学校である寺子屋は随時入学できた。学齢も学年もなかった。人はいつ勉強してもよいし、何歳になっても勉強できたのである。そこから見ると、数字や時期を気にしないハルノさんの世界はまったく不思議ではない。しかしそのような前近代を生きている親に育てられた近代の子供である道子が、近代社会の中でうまく生きるのは難しかったろう。

近代社会は、数値でできたピラミッド型の社会だ。個人は、年齢、学齢、親の収入、自分が通う学校の偏差値、その中での成績、順位、卒業後に自分が所属し働く組織、その中での地位、収入、その所属組織が日本で占める位置および、世界における収益やブランドのランク等々を、自分の価値を決める尺度として認識し、上の方に向かって自らを仕向けていく。それが子供のころから高齢者になるまで続く。そのヒエラルキーを支えているのは企業・国家・行政・学校・家族である。学校は、本来そうであってはならないのだが、往々にして企業や国家に人材を輩出する機関ととらえられ、それに沿った設置基準が作られており、教科書まで基準を満たしているかどうかチェックされる。かつて自由に入学して自由にやめることができた日本の学校が、明治の半ば以降、四月入学三月卒業を守り続けているのは、国の会計年度すなわち国家に合わせたからである。

さらに、家庭の中に社会と同じ価値観が行き渡っている場合、人間の生命そのものの価値ではなく、その個人が「社会の」どのあたりの位置にいるかによって、家庭における価値と順位も変わる。その結果、個人は最後のやすらぎの場であるはずの家庭で、一方では役割を果たすことを求められ、他方では、社会における地位を上昇すべく圧力をかけられる。私たちは競争による数字の上昇にとらわれている。

江戸以前の循環型時間概念

上昇する数字は線的に伸びるかたちをとる。それが右肩上がりの成長、という価値観と一体化している。線が曲がったり輪になったりすれば、成長ではなく循環を描く。江戸時代までの時間観念は循環型だった。四季はめぐり、同じ季節がめぐってくる。だからこそ収穫がある。二年先も三年先もその繰り返しだが、六〇年という単位で世間は循環し、同じ干支《えと》の組み合わせに戻る。その循環の中で人間は生きているので、収穫や収益が延々と右肩上がりに増えていくなどという幻想は誰も持たなかった。減るのは困るが増えなくとも構わない。増えたときには備蓄して困難に備えるが、必要以上に増やすことは発想しない。とりわけ林業や漁業や狩猟を業とする人たちは、生きていく上に必要な量以上を獲《と》ることによって、次の年には収穫が減る可能性もあった。農業もまた、土に養分を与えそれによって食糧を生産するわけだから、大量の生産は未来の土を食いつぶすことになった。動植物などの生き物とともに暮らし、そちらの側に立って生きていくとは、そういうことだった。

江戸時代が終わろうとする幕末の人であれば、前近代と近代のはざまに立っているのは当然である。しかし昭和に生まれた人がこのはざまに立っているのはまれだ。前近代には前近代なりの社会秩序があり、人はその中にいた。それは決して個人の問題ではなく、日本人がそれぞれの時代に通ってきた道である。しかし水俣に限らず、採集を業とする漁師たちの暮らす村や町、職人として腕をふるう石屋という仕事、彼らの生活の中で死や性を支える者たちの中には、日本の急速な近代化がもたらした社会秩序とは異なるコミュニティーが存続していても不思議ではない。

『代書屋』という落語がある。昭和一〇年代に代書屋（現在の行政書士）を営んでいた四代目桂米団治《かつらよねだんじ》が創った落語で、そこには生年月日も生まれた所の住所も知らず、職業を転々としたがそれぞれの勤務時期も記憶していない依頼人が出てくる。姓も知らなかったが親が死ぬときに教えてくれた、というバージョンもある。誇張はあるかもしれないが、職業は実際にあるものばかりで、非常にリアルな落語だ。

江戸時代にはこのような人はありふれていた。しかし昭和一〇年代、つまり戦前の日本にも、代書屋がそれと近い経験をし、落語を聞く人々にも理解できる程度に、たくさんいたのではな

1970年７月　水俣、チッソ正門前　撮影＝宮本成美

いだろうか。

鄙《ひな》と近代の渚で

近代社会とは異なる水俣の漁師のコミュニティーに、近代的数値のかたまりともいうべきチッソという大企業が入ってきた。当時の最先端企業である。水俣は企業城下町という比喩がそのまま当てはまる、チッソの従業員たちの町になっていった。エリート社員の子供たちの通う学校は進学校になり、「会社行きさん」といわれる地元生まれの社員やその家族は、水俣に漁師がいることも、忘れるようになった。

同じような町が東北にもあった。福島原子力発電所が立地する町である。福島第一原発の誘致は一九六〇（昭和三五）年に始まり、六七年には福島第一原発の建設が開始され、運転開始は七一年だった。まさに高度経済成長期である。当時の大熊町《おおくままち》は、町役場の職員への給料も滞ることがあったという。双葉町《ふたばまち》も、土地が痩せ収穫量は多くなかったところに減反政策が始まり、働く場所は少なくなっていた。

そういう事情を抱え、出稼ぎで生活していたこれらの地域に、原発は誘致されたのだった。原発の建設が始まると出稼ぎに行く必要はなくなった。町の様相は一変した。東京電力の社員や下請け作業員が集まるようになる。ドライブイン、喫茶店、バー、スナック、民宿、食堂、弁当販売店、結婚式場、葬儀社が増え、「原子力運送」という運送業者があらわれる。商店街に灯《あか》りがともり、映画館もパチンコ屋も賑《にぎ》わい、住民は毎日、現金収入を得ることができるようになった。役場、病院、学校が新築され、ゼネラル・エレクトリック社のアメリカ人社員も住み着いた。コーラも飲めるようになり、高級万年筆も使うようになった。スキー旅行やクリスマス会や運動会が開かれ、アメリカ風のパーティーまであったという。これは、開沼博が『「フクシマ」論―原子力ムラはなぜ生まれたのか』（青土社）で描いた情景である。水俣によく似た企業城下町の構造だ。

グローバルに巨大化していく企業、あるいはアメリカ肝いりの原子力発電所。それらによって外から急激に近代化していった町の、さまざまなところに、道子がたたずんでいる。少なくとも四人。いろいろな渚のはざまに。

第一章　母系の森の中へ

1971年　写真提供＝朝日新聞社／ユニフォトプレス

四十数年の想《おも》いを託して

東日本大震災の起きた翌年の二〇一二年八月に、私は石牟礼道子さんとお会いする機会を得た。といっても序章に書いたように文学を学ぼうとして大学に入った最初に石牟礼文学の衝撃的な洗礼を受け、それまで持っていた文学に対する考え方が大きく変わってしまった私にとって、石牟礼道子という作家は大切な存在であると同時に怖い存在でもあった。横浜で生まれ育った私に、水俣の本当のことがわかるのだろうか、対面してお話しするなどとても叶《かな》わぬことと、四十数年間ただ一方的に想い続けていただけであった。それが石牟礼道子さんを編集者として長きにわたって支えてきた渡辺京二さんと二〇一一年に対談する機会を得、そこでやはり私の中における石牟礼道子という作家の重要さを再認識し、お会いする勇気につながった。

石牟礼さんは、体調がすぐれないにもかかわらず、私との対談のために、二日間にわたって貴重な時間を割いてくださった。すくむ気持ちを奮い立たせるために、勝負服ならぬ勝負着物に身を包み、母の娘時代の帯、祖母の形見の珊瑚《さんご》の帯留をつけて参上すると、石牟礼さんは「遠いところをようこそ」とにこやかに言うかたわら、すぐに私の帯留に目をとめ、素晴らしいものですねと、緊張するこちらの気持ちをほぐしてくださった。

石牟礼さんとの対談は、そんな着物の話から互いの心に残る昔の情景、チッソ、水俣の人々、原発と多岐にわたったが、私がとくに印象深かったのが、石牟礼さんが女として抱えていた苦しみ、相克についてである。石牟礼道子は重層的な「二つの世界」に幾重にも引き裂かれていたと書いたが、その一つが自由に飛翔したい石牟礼道子を常に囲い込もうとする「家」や「結婚」であった。私が図解したところの道子①（家）と道子②（別世界）の相克の世界である（二一ページ）。

私は石牟礼文学に惹《ひ》かれると同時に、石牟礼さんが女性としてどう生きたいと願ったか、同じ女性としてそこに並々ならぬ関心があった。なぜなら「家」というものに疎外され、女として抱えていた矛盾や苦悩が、西欧から入ってきた新しいフェミニズムの流れである女性の自我の確立や過激な女性解放運動には向かわなかったからである。むしろそこにはとんと関心がなかったといっていい。では、どこに向かったか。その向かった先にこそ石牟礼文学の本質があるのではないかと私は思うのだが、その分析は対談を紹介した後に回そうと思う。以下の対談は、二〇〇九年より編集委員として参加している「週刊金曜日」に収録され、のちに『毒死列島 身悶えしつつ―追悼 石牟礼道子』にまとめられたものの一部抜粋である。

思えばこの二日間にわたる対談が、私と石牟礼さんとの最初で最後の逢瀬《おうせ》となった。石牟礼さんと話をしていると、不思議と自分の懐かしい原初の記憶のようなものがいくつも呼び起こされる。その記憶を問わず語りにお話しすると、石牟礼さんも驚くばかりの記憶力で、自身の幼き日の情景を今日の前で起きていることのように生き生きと詳細に話し出す。その話がまた私の中で引っかかっていた古い記憶を掘り起こすのである。怖かった気持ちなどすぐに霧消し、楽しく濃厚な時間が過ぎていった。

石牟礼道子との対談――「近代とは何か、ずーっと考えてきました」

無花果の木をめぐる思い出

石牟礼　近代とは何か、ずーっと考えてきました。今も思っています。

田中　私もそうなのです。そういうのが見える場所ってあると思うのですが、本当は、小さな、誰も知らない場所でも見えることというのがあります。

昨年の三月一三日、渡辺京二さんと横浜で対談しました。その二日前が三月一一日でした。

石牟礼　東日本大震災が起きた日ですね。

田中　はい。私はちょうど三月一一日、自分が生まれた家にいたんです。母がその家を貸していまして、その借りていた人が出ちゃったものだから私が借りることになりました。それで荷物を三月一一日に運びこんでいたんです。その時、「明後日、渡辺さんに会うなあ」と思いながら、石牟礼さんのことを考えていたら、『天湖』を思い出しました。湖の中に、村だけでなく大きな木が沈んでますでしょう。

石牟礼　桜の木が。

田中　桜の木が。私のその家は、私が寝ていた部屋の下に無花果の木の根っこがあったのです。アコウの木は、無花果の木と似ているそうです。

石牟礼　アコウの木には小さな無花果に似た実がびっしり付いています。

田中　やっぱりそうですか。

石牟礼　とっても小さな実です。木によってはびっしり付いています。

田中　石牟礼さんはアコウの木のことを書いていらして、そういえばあの無花果の木も似ているなあと思っていました。

その無花果について思い出があるのです。私の家は横浜の下町の長屋です。貧しい地域で、そこで生まれ育ちました。家の前には空き地がありまして、そこに無花果がありました。小さい頃からそこに登って、随分仲良く親しくしていました。ところがそこに新しい家を建てることになりました。それでその無花果の木を切ったんです。

石牟礼　あらあ。

田中　その時のことが忘れられないのです。無花果の木を切ったその空き地に二階建ての家が建って、そこが私の勉強部屋になりました。その時に「これは、何だか変だな」と思いました。自分の中で、何かとても大切なものが失われて、その代わりに勉強部屋を得た。といっても勉強部屋は私にとってあまり大事なものじゃないし。大事なものと引き替えに、私は何を得たのか分からなくなったんです。

二階の部屋から、遠くに一本の木が見えました。それから毎日その木を見るようになりました。失われたものが遠くにいっちゃって、それを私は外から、遠くから、見るだけの人間になっちゃったんだという気がしました。

一二歳の頃でしたから、まだ言葉にはできませんでした。でも、そのことをずっと忘れずに、大人になってから、そういうことだったんだなと思うようになりました。

そして三月一一日、その家にいたのです。『天湖』という作品は、この下にある木なんだと。それも私にとって「近代とは何か」という体験だったんじゃないかと思うんです。

石牟礼　無花果の木については、私も思い出があります。水俣の栄町にいたころ、隣の家が染め屋さんでした。その隣が鍛冶屋さん。

栄町の通りは、両方とも裏が田んぼでございました。一本の道が通ると、最初にできたのは女郎屋さんでした。港に、チッソから出す製品を積んでいく外国船が泊まると、船員たちが女郎屋さんに来るんですって。

飲食店もできましたが、飲食店というのは屋号です。酒屋さん、これも屋号。お店は、名字なんかは言わずに、売っている品物の名前でお店を言いました。紙屋さん、米屋さん、煙草《たばこ》屋さん、髪結い屋さん、これは女郎屋さんと関係があったのでしょうね。学校道具屋、そして会社行きさんという家もできる。

染め屋さんは熊本流れの人で、そこで私も強烈な熊本弁、土着的な熊本弁を覚えました。その隣が鍛冶屋さんで、鍛冶屋のおじさんはいつも焼酎を飲んで、顔を赤くして上半身裸で、顔だけでなく身体も真っ赤でした。その鍛冶屋さんの裏庭に無花果の木が一本あったんです。

家の人にとっては珍しくないのでしょうが、私にとっては大変珍しいものでした。ときどき実が落ちているんです。その無花果が欲しくて、そばにいざって行って（かがんで）拾いたい。けれどもよそ様の庭のものですから、拾えない。すると蟻《あり》たちがいっぱい、四方八方から行列をつくって無花果の頭の割れめの中へ入っていくんです。

何百匹もの蟻が集まってきて、無花果の実を運んでいくんですね。上から見ると、無花果の実が静かに動いている。もうそれが欲しくて欲しくて、それでおばさんに言おうかな、無花果の実が欲しいって言おうかなと思うんです。

鍛冶屋のおばさんはとってもいい人でした。おじさんはいつも焼酎を飲んでいて、無上のお人よしさんで、おばさんの姿は今でも目に浮かびます。いつも色のあせた木綿縞を着て、破れたところには他の布で継ぎ当てをして、そういう粗末な着物を着ていらっしゃるのですが、佇まいが上品でしてね。襖《ふすま》をこうあけて、「おばちゃんこんにちは」と私が言うと、「ああ道子しゃん、ようおいでましたなあ」と、とても慎ましくやさしい声音で庭に入れてくださる。

それでも「この無花果がほしい」と言えませんでね。蟻と無花果とおばさんを見比べて（笑）。とうとう無花果をもらうのですが、でも中にはわーんと蟻たちが入っていて、これじゃあ口じゅう嚙《か》みつかれると思って。草やぶの中に捨てましたが、あの無花果、さぞ美味《おい》しかったろうなと。

そこにはお兄ちゃんがいて、このお兄ちゃんはウナギ捕りの名人でした。今思えば、ウナギのいるというその溝《どぶ》はチッソの排水溝です。その溝に行って、そこから捕ってくると言っていました。ウナギやドジョウをたくさん捕ってきて、バケツをどしんと鍛冶屋の前に置くんです。それをさばくのは、いつも焼酎を飲んでいるおじさんの役目でした。

ウナギを乾いた布巾でつかまえようとする。ウナギは表の方まで逃げてゆく。そのウナギを追っかけておじさんが表の道へ出なさる。

港に上がったお客さんが乗ってる馬車が鍛冶屋の前を通りかかります。すると、ウナギを追っかけているおじさんと会う。馬がびっくりして立ち止まるんです。ヒヒーンって足を上げて（笑）。そうすると馬車が止まりますよね。

道を通っている人たちが、なんだなんだと集まってくる。おじさんがウナギを追っかけている。お兄ちゃんが捕ってきたウナギのために、鍛冶屋の前に人だかりができるんです。そういう道で、私は無花果のことを思っていました。

田中　石牟礼さんの話は一つひとつ面白いですね（笑）。

石牟礼　そうですか（笑）。

深刻な状況で際立つ人間の面白さ

田中　私は『苦海浄土』第三部の、患者さんたちがチッソ本社に泊まりこんでいる話が好きなんです。最初は第一部が好きだったのですが、後から第三部がとても好きになりました。なぜかというと、すごく面白い。

石牟礼　出てくる人たちが面白いでしょうか。

田中　本当に落語みたいで。笑っちゃうんです。ああいう状況なのに、一人ひとりがなんだか楽しい人たちで、笑っちゃうんです。

石牟礼　あそこあたりでしょうか、ご詠歌の話は、第何部でしたか。

田中　ご詠歌の先生はしょっちゅう出していらっしゃいます。それから、社長室もないって言っていたのに、あったよねっていう。ガラスをこうやって壊して、中を見ると沢山の人がいたりする。あのへんのやりとりがすごく面白いですよね。

石牟礼　人間というのは面白いですよね。

田中　ああいう状況のことですから面白いって言っていいのかなという気もしますが……。

石牟礼　面白かったですよ。とても楽しみました。

田中　『春の城』という小説、チッソの東京本社にいらした頃に思いついたと。そうなのですか。

石牟礼　そうなのです。

田中　『春の城』も何だか楽しんじゃったんです。

石牟礼　楽しんでいただければ本望でございます。

田中　女の人たちがお城の中で、生き物の噂《うわさ》をしたり動物の話をしたり植物の話をしたりしていますでしょう。籠城しているわけですから、状況としてはすごく深刻ですね。その直後に全滅するわけですし。

天草の一揆《いっき》をああいう風に書いた人っていないんじゃないかと思うんです。籠城している人たちがどんな毎日を過ごしていたか、どういう日常を過ごしていたかということを私は考えたことがなかった。人間の面白さですね。

石牟礼　面白いですね。チッソの株主総会に行きました時に、ご詠歌の稽古をおばあちゃんたちがなさるんですけれど、「人のこの世はながくして　変わらぬ春を思えども　はかなき夢となりにけり」と歌わなきゃならないところを、おばあちゃんたちは必ず「はかなき恋となりにけり」と間違えてしまう（笑）。

田中　あれも面白かった（笑）。

石牟礼　わざとのように間違えるんです。「はかなき恋になりにけり」って。おばあちゃんたちは風呂を焚《た》きながら、「なぜか、はかなき恋になっとじゃもんな」っておっしゃるんです（笑）。

こういう風にふざけるのは、自己保護のためなんです。ご詠歌のお師匠さんが「芯から馬鹿じゃなかっじゃもんな。馬鹿を作っとっとじゃもんな」って。「これにゃあ手も足も出せんばい」っておっしゃっていました。おばあちゃんたちは馬鹿を作っている、馬鹿の真似《まね》をしてるって。本当の馬鹿ならば怒りようもあるばってん、「わざと馬鹿のふりをしているから文句のつけようがわからん」。

説教する方の立場もよう分かっている。だから、あまり絶望的にならない。徹底的に憎み合うようにならないよう、わずかに身をかわしながら、面白い方にもっていく。自己演出、集団的な演出をお互いにやっているんです。

チッソの株主総会でも、おばあちゃんたちは私語をささやいていました。「あの家の若いもんと、どこどこの娘は仲良うなっとっとばい」って（笑）。それも、議事が進行しないようにです。

お師匠さんが「これにゃあ困るばい。叶わん。どげんしようか」っておっしゃっていました。でも本番のときは「はかなき夢となりにけり」って、ちゃんと歌うんです。

田中　本番のときは、ちゃんとお歌いになる。

石牟礼　そのお師匠さんの娘で実子《じつこ》ちゃんという、絹糸のような涎《よだれ》を垂らしながら、いつも震えている娘さんがいらして。もう六〇歳近くなっていますが、（お師匠さんが、）「いまは逆世の世の中。逆世の実りをもらって生まれてきた子だから、実子という名前をつけました」って。「逆世の実り」とおっしゃるんです。そうとう知能程度が高い。為政者はそれを知らない。評論家たちも知らない。

そういう馬鹿をつくる人たちのことを、何と呼ぶのが相応《ふさわ》しいでしょうか。常民という言葉がありますし、民衆という言葉もありますが、何か良い言葉はないでしょうか。

田中　庶民というのも変だし。

石牟礼　大衆というのも変ですね。

田中　「ひと」というしかないんじゃないでしょうか。

石牟礼　ひと。そうですね。

田中　田中実子さんのお家にも参りました。胎児性患者の世代は、私と同じ世代なんです。

『苦海浄土』を最初に拝読したとき、「私はこういう時代に生まれたんだ」と思いました。地球上でほんの少し場所が違っていれば、私だったかもしれない。

私は大学の教師になってから、『苦海浄土』を教室で朗読するようになりました。

石牟礼　ありがとうございます。

田中　ただし、私は熊本や水俣の言葉をまったく知らないで朗読していますから、きちんと話せているか、とても不安でした。

石牟礼　けっこうでございます。

田中　今年（二〇一二年）五月に「水俣フォーラム」の講演会に出させていただいて、そのときも朗読してみたんです。

そのとき杉本雄《たけし》さんと、ご長男の肇《はじめ》さんが会場にいらしていて、後で肇さんに「東京の人ってあんな風に朗読するんですね」って笑われてしまいました（笑）。きっとぜんぜん違うんだろうなって。

石牟礼　いえ、思いがけないです。いろんな読み方があっていいと思います。その方が広がりますよね。本当にありがたいことです。

田中　『苦海浄土』は、声を通して入ってくる言葉だと思うんです。チッソの株主総会のとき

1970年11月　大阪、チッソ株主総会　撮影＝宮本成美

に、皆さんで巡礼の衣装を着られてご詠歌を歌いながら舞台に上がりますね。映像で拝見しましたが、大変な迫力でした。これは社長さん怖かっただろうなと思ったんです。

石牟礼　江頭《えがしら》社長さんに詰め寄った浜元フミヨさんは、「わたしはおなごじゃったばってん、男になったぞ、男から鬼になったぞ」とおっしゃってました。

田中　でも石牟礼さんは「みんな哀《かな》しくて、やさしい顔をしてる」とお書きになっている。映像だと皆さんがどんなお顔をなさっているのか見えないのです。だから皆さん、怖い顔をしていらっしゃると思っていました。怒りの表情だと。全然ちがったのですね。

石牟礼　はい。患者さんたちは、チッソの偉い人にお願いにいくとおっしゃっていましてね。抗議しにいく、という言葉ではなくて、偉い人にお願いにいくんだと。チッソにも偉い人がいらっしゃるにちがいないって。偉い人というのは社会的に地位が高い人という意味もあるのですが、自分たちの気持ちを分かってくださる人が偉い人。そういう人がこの世にいたら、そのひとが一番偉い人。

田中　チッソの人たちは分かってくれるはずだと。

石牟礼　はい。

田中　でも分かってくれない。ますます分かってくれなくなっています。

石牟礼　はい。

田中　先日、石牟礼さんはテレビで「徳義」ということをおっしゃっていたと思います。この国が徳義というものを考えてこなかった。徳義と一緒に成長してこなかったと。徳というものが、みんなの頭の中から抜け落ちていた。近代とはそういう時代ではないかと思うんです。

石牟礼　そういう時代だと思いますね。

「草によろしう言うてくださいませ」

田中　私自身も、自分の生活の中で「何か変だな」と思うことがあったので、たぶん私だけではなく多くの人がそう感じてきたのではないかと思うのです。それを感じながらも、経済発展だという風になり、どんどんその道を進んできてしまった。

自分の中に持っていたはずのものを、どこかに置きっぱなしにして歩んできたんじゃないかという気がしてならないんです。どうして江戸時代のことをやろうと思ったのかを考えてみても、何かそういうことが私の中に引っかかっているのではないかと思うんです。

祖母のことを考えるというのは、お茶屋のことではなく芸者の世界であり、色町の世界であり、それが全部つながっていました。母は父親がいない状況で育ちましたからずいぶん差別を受けてきました。そういうものも私の中に入っています。

石牟礼さんの著書に出会ったのは私が江戸に出会う前です。自分の中に体験と言葉とがいくつも重なってきて、それで江戸時代を選んだような気がするのです。

自分がやろうとしている近代文学って何か違うんじゃないかなと、大学生の頃に思いはじめました。そういう時期に出会ったのが江戸文学でした。近代の文学は自我の文学と言われていたのですが、なんだかすごくつまらなく思えてきたのです。

江戸時代に出会ったとき、私がまったく知らない、私の価値観の中にはまったくなかったものがこの時代にはあったのだと思いました。

自分の研究していることとって、自分の中に必ず理由があるのだなと思うようになりました。今でも、どこかに置き忘れてきたものを取り戻している最中という気がします。

石牟礼　近代的な自我というのを言うようになってから、自我を言い立てるあまり、人のことを考えなくなりましたね。

田中　そうなんです。周りが見えなくなる。

石牟礼　とくに女性は、近代以前は悲惨なことがたくさんありましたから。農村に嫁いだ方などは大変な苦労をしております。

だけど、近代的自我などと言い出す層は「学校組」と言われておりました。学校優等生クラスが「自我」という言葉を覚えて、言うようになったのではないか。自我に相当する言葉は他にもあると思いますが。

田中　石牟礼さんのお書きになるものは「自我」の中から出てくるものではないですね。

石牟礼　自我の中からは出てこないですね。でも気持ちは分かるんです。女性は解放されなければならないとか、そういうのはよく分かる。

田中　気持ちは分かるんです。でも、女性の解放と近代的自我とは、ちょっと違う気がするんです。

私の祖母は栃木の造り酒屋の娘だったのですが、そこが駄目になってしまい、小学校の教師と一度結婚しました。その時期に平塚らいてうの「青鞜《せいとう》」という雑誌が出たんです。祖母は、「青鞜」を読んで栃木から出ちゃったんです。

石牟礼　「東京では新しかおなごが生まれとるばい」って、熊本の人吉《ひとよし》あたりでも言われておりました。橋本憲三先生の青年時代に、そう言われていたそうです。新しか、おとろしかおなごがおるげなぞって。

女性解放論者の中に神近市子さんという方がおられましたね。伊藤野枝さんなどもおられましたが、神近市子さんをもじって「嚙みつこう」「いちこう」って言われよりました。「いちこう」って分かりますか。

田中　いちこうって何ですか。

石牟礼　一口に食うてしまう。

田中　おおっ（笑）。

石牟礼　「一口に嚙んでしまうおなごどもが、うんとおるげなぞ、東京はおとろしかばい、おとろしかおなごがおるばい」って。人吉の文化的な青年たちが、こんな話をしていたそうです。

田中　あの時代にも知識人の女性はいましたが、私の祖母は知識人でも何でもないんですね。

でも東京に出てきてお茶屋の女将《おかみ》になった。そういう行動をとった女性は多かったと思います。
石牟礼　多かったと思いますね。平塚らいてうさんには三度ほどお会いしました。それはたおやかなお姿の和服でした。らいてうさんの自伝は高群逸枝さんが「私が代わりに書きます」とおっしゃってました。実現はできませんでしたが。お二人はお親しかったのですね。
田中　石牟礼さんは逸枝さんともお会いになっているんですか。
石牟礼　いえ、お会いはしていません。ですが、彼女の『女性の歴史　女性叢書』（以下、『女性の歴史』）を読んだときに感激して、すぐに手紙を書いたのです。
水俣に淇水《きすい》文庫（旧水俣市立図書館）という徳富蘇峰さんが寄贈した図書館がございました。その図書館の存在を知って、図書館通いを一時したことがありました。館長さんが気に入ってくださり、特別室にご案内いたしますとおっしゃって、図書館の二階だったでしょうか、連れていってくださいました。
これは作り話のように聞こえるかもしれませんが、ある本の上に、光の輪が見えるんですよ。夕陽《ゆうひ》の加減で、光の輪に見えるんだろうなと思って近寄ってみたら『女性の歴史』でした。たいへん神秘な感じがいたしました。この本で、女性の差別の問題などを捉えることができました。もう体験的に分かっていたこともありましたが。

「おなごのくせに」とよく言われておりましたね。「おなごのくせに朝から新聞を読んで」とか。「おなごのくせに、洗濯をするとき地べたに腰をつけてする」とか。中かがみでなければならないというわけです。「おなごは嫁御にきたからには一〇人分のおかわりを盛って、真っ先に食べあげにゃならん」って。食べる暇はないですよね。

田中　辛《つら》いですね。

石牟礼　辛いですよ。なんにつけかんにつけ「おなごのくせに」と言われるわけです。私だけではありません。お嫁にいった先ではみんな言われておりました。

そういうことがありましたので、『女性の歴史』を読んだときは一度に救済されたような気がしました。お日様の丸い光が導いてくれたんです。それで読後感を綿々と手紙に書いて、逸枝さんに出したのです。

田中　石牟礼さんにはそういう出会いがありながらも、女性解放運動をしようとか女性論を書こうとか、そういう方向には向かわなかったのですか。

石牟礼　そうですね。自分の自我を主張することで、誰かが傷つくというか、他人様《ひとさま》の自我の領域を限りなく侵してしまうのではないかという気がいたしまして。女性解放運動というよりは、新しい共同体を作るにはどうすればいいのかと、そういう方向に心が向かいました。

田中　石牟礼さんの眼差《まなざ》しは、自分にではなく、周りで生きている人や、動物であったり樹《き》であったり海のものであったり、そういうところに向かっていますね。

石牟礼　共同体というのは、万物が呼吸しあっている世界だと思ってきました。

母は百姓で、畑に麦を蒔《ま》きにいっていましたが、私はよく、母が麦を蒔くその後ろからついていっていました。母は麦を蒔きながら、踊るように歌うのです。

「だんごになってもらうとぞ　もちになってもらうとぞ　ねずみ女《じょ》にひかすんな　からす女《じょ》にもっていかるんな」って。そういう母の姿を見ていたからでしょうか、麦という言葉は、その言葉を吐いた途端、私には何か鮮烈な感覚が伴います。

ねずみ、からすって言わないんですね。ねずみ女、からす女って言う。ミミズのことは、めめんちょろって言っていました。めめんちょろって言えばかわいいでしょ。

田中　かわいいですね。だんごになってもらうとぞっていうのも、かわいいです。

石牟礼　小豆も豆も麦も「だんごになってもらうとぞ」って。行く道々、草にもものを言っていました。

田中　麦にも草にも、ものを言うのですね。

石牟礼　はい。「おまえどもは、二、三日来んだったら、太うなったねえ」って。母が病気になって畑に行かれないとき、寄ってくれた近所の人が、「きょうは畑に行きますばってん、ハルノさん、なにか言伝《ことづて》はありませんか」って聞くんです。すると母は病床から、「草によろしう言うてくださいませ」って返事するんです。

母の言伝を預かったその人は、草によろしう言いに行かなければならない。日頃から、よろしう言わなければならないものが、身の回りにたくさんある。そういうものたちで世界は成り立っていると思いこんでいたし、今もそう思っています。

おなごのくせに

「近代とは何か、ずーっと考えてきました」

石牟礼道子は、対談でそのように言った。

「近代」と対比されるものとして「前近代」という言い方があるが、前近代が近代以前の時代とすれば古代の縄文時代からずっと続いてきたわけで、その中には異なる時代もいくつも含まれていることを考えると、その対比のさせ方はいささか乱暴であるとも言える。

それを承知の上で、あえて石牟礼道子の世界を、前近代的なものと近代的なものの対立として序章に図解で示してみた。それは石牟礼道子の中に潜む「非近代的なるもの」が、単なる古い時代として片づけられるものではなく、自分の子供の頃育った環境の中で血肉化されたもので、それが現代ときしみを起こしているのではないかと感じたからである。石牟礼道子の中で血肉化された前近代とはいったい何だったのか。まずそこにきちんと焦点を当てなければ、石牟礼文学の本質は見えてこないと思っている。

ではそのきしみが石牟礼文学のみの特徴かというと、そうではなく、明治維新以降、近代社会がやってきたときに、そうしたきしみを感じていた人々は少なくなかったであろうと思うし、もしかすると、近代文学とはそのきしみそのものではなかったかと私は感じている。つまり、これまでは、前の古い時代を捨てて、自我の確立に向かって近代文学が生まれてきたというストーリーになっているが、生身の人間として生きている明治期の人々はじつにたくさんの悩みを抱えていて、自分の中に血肉化している前近代と、新しくやってきた近代とのはざまで、そこになじむことができず、その矛盾と葛藤を奥底に抱えたままで、さまざまなことを変えてきたのではないか。そしてそれが急激な西欧化を迎えた日本のある特性としての心の持ちようではなかったか。その視点に立って石牟礼道子の側から近代文学を見てみると、前近代と近代、この相反する渚に立つ道子の中のきしみの音が、より近くに聞こえてくる気がするのである。

すでに序章で紹介したように、米本浩二氏は『評伝 石牟礼道子—渚に立つひと』の中で、

「石牟礼道子は渚に立つ人である。前近代と近代、この世とあの世、自然と反自然、といった具合に、あらゆる相反するもののはざまに佇んでいる」と書いた。もちろん私もそれに異論はない。ただ私は、そうした相反するいくつもの「二つの世界」のはざまで、一人の人間として、あるいは生身の女性として、石牟礼道子が具体的にどんな場面でどんなきしみを感じていたのか、そしてそれをどう作品のエネルギーに変えていったのか。数多くの作品から、そして二日間にわたる貴重な対談の中から読み解きたいと思っている。

そのことを具体的に書いていこうと思ったときに、まだ前近代が色濃く残る時代に一人の女性が生まれて育っていく過程における「家」、という問題を切り離して考えるわけにはいかない。

最初に図解したところで（二一ページ）、石牟礼道子の世界の同心円の中心に「家」と書いたが、この「家」の世界が前近代の基本単位であり、秩序そのものであった。これは石牟礼道子の世界にかかわらず、江戸時代の秩序感覚は「家」によって保たれていた。

「家業」という言葉があるが、前近代において「家」というものは企業であり、商業であり、農業でもあって、「家」とは、物を生産して流通させるところであり、同時に消費するところでもあった。いまの私たちの感覚ではもっぱら消費する場所に思えるが、江戸時代まではむしろ「家」は稼ぐ場所であり、重要な産業の基本単位であって、人々の生活そのものと一体化していた。それが前近代の感覚であった。

石牟礼道子は、白石亀太郎と吉田ハルノの長女として現・天草市に生まれるが、実家の家業は石工で、ハルノの父・吉田松太郎が石工の棟梁《とうりょう》、その補佐に亀太郎がついて事業を営んでいた。石牟礼道子の実家もまた前近代的な「家」を継承し、江戸時代の秩序感覚となんら変わるところがなかったであろうと思う。その後一九三五（昭和一〇）年、道子が八歳のときに松太郎の事業の失敗で一家は没落し、実家を差し押さえられ、一家は水俣・栄町から水俣川河口の荒神（通称とんとん村）に移るが、没落したにせよ「家」制度は厳然としてそこにあり続けるわけで、幼い道子もまたその世界で生きていた。幼いながら道子は「家」というものが生活を営んでいく上で重要なものであることは認識していたであろう。

しかし同時に、その「家」の中で、女がどういう扱われ方をしていたか、幼い道子は驚くべき記憶力で鮮明に覚えてもいる。「なんにつけかんにつけ『おなごのくせに』」と言われ、嫁に行った先では自分が食べる暇もなく働き、滅私奉公しなければならない。とくに農村に嫁いだ嫁はつらい人生を強いられたと、道子は当時の女たちの苦労を語る。

対談では、「おなごのくせに朝から新聞を読んで」とよく言われたと語っているが、石牟礼道子自伝の『葭《よし》の渚』(『全集』別巻)にも似たような記述がある。

今はどうなのか分からないけれども、そのころの村落では、女性が字を書いたり読んだりするのは、罪悪視されていた。

「あそこの嫁御は女のくせ、朝っぱらから新聞広げて読みよらす。よっぽど暇人ばい」

新しく来た嫁たちは、そういう村の気風に試されるのが常だった。わたしはといえば、買い物を包んでくれる古新聞なども、読みたがる方だったので、耳が痛かった。

さらに「おなごは三界に家なし」と父親の亀太郎に繰り返し脅され、二〇歳そこそこで父の決めた相手の家に嫁に出されたときも、「三界とはなんぞや」と、道子は強く反発した。嫁入り前に道子は、夫の実家の石牟礼家に「嫁じょ見習い」として半月ほど入った。ちなみに、『葭の渚』には「半月ぐらい」とあるが、その後の道子の証言では、「一カ月くらい」、さらに「もっと長くいた」という聞き取りもあり、実際のところは二、三カ月というところかもしれない。『葭の渚』の同章に、こんな記述もある。

その家にいた間に仰天したのは、お姑《しゅうとめ》さまが使っておられたマナイタを見た時だった。もとは何の材木だったろうか。入念に彫り上げたオブジェさながらに刻みこまれて背筋が残り、まるで馬の背中のようになっていた。

目の前でまな板が馬のごとく動き出しそうで、迫力のある気味の悪いシーンだ。道子の繊細な想像力をもってすれば、年季の入ったまな板になますのように刻み込まれた無数の傷跡が、これまで女たちが人知れず耐えてきた辛苦や生傷に見えて、さぞや震えたに違いない。

嫁じょ見習いに出された先は、大所帯の農家で、そこで初めて道子は農家の嫁の体験をする。『「わが戦後」を語る』(『全集』八巻)の中でも、そのときの苦労がユーモア交じりに語られている。石牟礼道子の文章には、どんな悲惨で苦しい状況を語るときも、そこからするりと抜け出た「もう一人の自分」が存在し、その離脱した自分がものごとの状況を興味深くしげしげと観察しているようなところがある。すると、「人間というものは……」という相対化された視点が増幅され、あまりの難儀な体験に四苦八苦している自分がある種滑稽に見えるのかもしれない。こうした視点は、道子の作品にもよく登場し、チッソ抗議の座り込みなど、自身を含めた人々の修羅場を描くときも、どこかお芝居を見ているような道子の視線を感じるのである。

とまれ、その記述によれば、農家の嫁は、

朝星さんから夕星さんが出るまで、星の出るときに起きて星の出るときに寝なければいけない。畑にいなければいけない。外にいなければいけないのです。家の中にいてはいけない。今のように電化された家ではなく、あけの明星が出る頃水汲《く》みに行きます。

当時は水道がなかった。だから生活水を汲みにゆくのである。家から五〇〇メートル離れた共同井戸から、一斗缶ほどの水をバケツに入れ、前とうしろ二杯かついで天秤棒で運ぶ。下駄をはいていると、バシャバシャと飛んだ水で滑って転んでしまうので、裸足《はだし》で「ギッシギッシ」とかついで運ぶ。この往復を二〇回。夜、風呂を沸かすとなると、さらに大変でこれを五〇回もやらねばならない。そして十人家内《やうち》の給仕がまた難儀で、みんなにお代わりやら、注《つ》ぎ足しやらをするうちに、混乱し、自分が食べる暇もない。その上で慣れない農作業に追われるのである。その肥桶《こえおけ》運びがまた重労働で、よろめいてこぼしでもしようものなら、姑に「道の草を肥えさせて」と叱られる。こんな生活が、分家として実家を出る日まで続いたとある。

家というのは企業であり、商業でもあると書いたが、その家の機能を存続させていくためには、子供を産んで家を継承させていくだけでなく、日々の生活を営んでいく働き手として女性の存在は非常に重要なものであった。にもかかわらず、女性は決して「人間として」大切に扱われてはいない。家の中の身分は最下層で「おなごのくせに」と、常にその存在を否定され続ける。なぜ女だけがこんな理不尽な目に遭わなければならないのかと、道子は相当息苦しさを感じていたはずである。

おもかさまの哀しみに寄り添う

道子の祖母の「おもかさま」は、狂気の世界に入ってしまった盲目の人であるが、この人もまた、「家」というものの矛盾を抱え、抱えきれなくなった末にあちら側の世界に行ってしまったのではないか。道子の書いたものの中に、おもかさまが家制度や家父長制の犠牲者であったとはっきり書かれているものはないが、私にはそのように思える。

幼い道子と人外境を彷徨《さまよ》うおもかさまとのやりとりの中に、道子がおもかさまの深い哀しみに同調し、ともすると一体化するような場面が随所に見られる。そのおもかさまの哀しみは、当時の女たちが抱えていた痛みと深いところで通じ合っており、それがなんだかわからないままに、幼い道子は自分のものとして感じ取っていたのではないかと思うのである。若いときから石牟礼道子の才能に注目し、半世紀にも及ぶ交流の中で道子を支えてきた渡辺京二氏も、精神に異常をきたしたおもかさまと一緒に過ごした体験が、石牟礼文学の重要な要素となっていると言っているが、それは私も同感である。

おもかさまは、ちょっと目を離した隙に乱れた着物姿であちこちを徘徊《はいかい》した。そのおもかさまを探しに行き連れ帰るのはいつも幼い道子の役目であった。『椿《つばき》の海の記』（『全集』第四巻）などの自伝的エッセイにはおもかさまの思い出がたびたび語られているが、「栄町の通りを、日に何回となく青竹を曳《ひ》いて往《い》ったり来たりする盲目の老狂女」の様子を道子は詳細に記述している。

誰がみても、ひとめで正気人とはちがう神経殿だったから、道筋の家々とても、戸口のそばにたたずまれ、不意に荒々と呪言めいたひとりごとなど云《い》われたりしては仰天し、迷惑することとこの上もなかったろう。

（中略）

おもかさまのそのような姿は、この界隈《かいわい》に出没する異形のものであったにちがいない。雪の降る日も跣《はだし》のまんま、左の足は象皮病に罹《かか》って異様に肥大しひび割れている。着せても着せてもひき裂いて、あらわな肌が出る腰巻の、前も後もはだけほどけてしまうめくらの狂女と、道筋の昼間にはなじまれぬ昼風呂帰りの雛《ひな》御前たちが、白い蓬髪《ほうはつ》と、黒い洗い髪を風になびかせ、一本の青竹につらなりながら道行きをするさまは、人目をひくに充分だった。

（『椿の海の記』）

昼風呂帰りの雛御前たちとは、「妓《おん》たち」と同意で遊女や芸者のこと。性を売買する女たちは、「家」とは無縁で、産業を持たない、なにも生み出さない存在として世間から差別される側の人間であったが、道子はおもかさまにやさしく接してくれる彼女たちのことが好きであった。こんな幼女のころから道子の意識は、差別される側の人間の方に向いていた。

「めくらの狂女」も、世間から淫売や非人、隠亡《かんじん》さんと呼ばれる人たちも、「家でないもの」の世界に棲んでいた。その人たちを近しく感じるのは、幼いながら道子の中にすでに「家でないもの」への憧憬があったのかもしれない。

それにしても、おもかさまの描写が尋常ならない。栄町にいたころといえば、道子が三歳から七歳までである。そんな幼い子供がここまで繊細な観察眼を持ち、なおかつ数十年の時を経てもそれを鮮明に記憶しているのは、ただただ驚くしかない。

道子の記述によれば、祖父の松太郎が帰ってくると、決まっておもかさまの機嫌が悪くなり、「霰《あられ》の中でも雪の中でも、なにやら口説を呟《つぶや》きながら出て行ってしまう」。道子が暗い町の辻々《つじつじ》を探しに行ってようやく見つけ、早く戻ろうとすがりつくと、おもかさまは頭上に淡い三日月を頂いて、「松太郎殿は、まだ居らるかえ」と「みっちん」に聞くのだという。おもかさまは松太郎の妻ではあったが、道子の母のハルノが一〇歳のころに精神に異常をきたし、道子の父の亀太郎家に引き取られていた。

祖父の松太郎がどこから帰ってくるのかというと、妾宅《しょうたく》である。つまり松太郎は外に女を作っていて、たまに家に帰って主《あるじ》の顔をする。こんな構図が世間一般に認知されるようになったのは嫁入り婚が定着してからである。一家の主が妾宅を持つのは、古代の通い婚には見られなかったし、婿取り婚であった場合は、大いに遠慮が働いただろう。

ここで少し、日本の結婚のかたちについて触れておこう。後述する高群逸枝の著書に『招婿婚の研究』（講談社）があるが、日本の結婚制度の歴史を追えば、男性の通い婚に始まり、婿取り婚になり、江戸時代に嫁入り婚が定着するという系譜をたどる。

とはいえ、江戸時代の結婚と近代になってからの結婚には、だいぶ相違がある。江戸時代がすべて嫁入り婚になったかというと、そうではなく、その前の時代の婿取り婚の名残で、女性が引き継いできた家系に息子のような扱いで養子縁組して入るというかたちも相変わらず多く残っていた。つまり女性が自分の親と一緒に子供を産み育てるかたちがまだ継承されていたのである。さらに婿取り婚の場合、男性が女性の家に入ってくるわけなので、重要な生産現場であり、企業体でもある家の中心に女性がいるという家族観は男性たちも持っていたはずである。それゆえ、このあたりまでは、「女だてらに」という女の強さや気風のよさを表現する言葉はあっても、「おなごのくせに」といった女性の存在をおとしめるような表現は使われていなかった。そうした言葉が頻繁に使われるようになるのは、嫁入り婚が定着し、家父長制が確立された明治期ごろからだろうと私は推測している。

明治時代に壬申《じんしん》戸籍というものができて、戸主という存在が法律的に規定されるようになる。もちろん、ずっと前から戸籍自体は年貢を納めるために存在するが、明治以降の壬申戸籍は、非常にかたい戸籍制度で、この制度を制定する前には、いままで武士にしか与えられていなかった「名字帯刀」の名字＝姓を庶民にも許し、制度制定後には強制した。名字が確立されると、そこには「戸主」という存在を据え、その戸主の権限が非常に強くなっていく。どう強いかといえば、たとえば、戸主以外の家族に対して、戸主権を発動して戸籍から追い出すことも可能であるし、自分の権限でなんでも自由に采配できるという具合だ。江戸時代まであった武士階級的な家制度のある部分だけが、明治期に非常に強調されて出てきたかたちである。

武士階級は藩から禄《ろく》といわれる給料を男から男へと伝承していく。そこで男中心の家制度を継承していくわけだが、それは生産現場を持たない武士が、禄を得るための生活手段であって、明治以降の家父長制とは意味合いがだいぶ違うものだ。明治以降の家族制度は、その男性継承の戸主の権限だけが補強され、しかも法律的に非常にかっちりとしたものになっていく。その戸主の権力の増大と同時に、なんの権限もない女性への強い差別意識が庶民の世界にまで広まっていったのだろうと思う。

嫁入り婚が定着することによって、女性たちは嫁入り先で働き手として期待され、子供を産み育てる役割を担うようになった。しかし、「種付け」が終われば、嫁を家に押し込めたまま、戸主の強大な権限と自由の中で、男たちは平気で外に快楽を求めた。女たちには許されなかった「飲む、打つ、買う」の憂さ晴らしも、むしろ「男の甲斐性《かいしょう》」として、世間に容認されていた。そんな時代に、女性たちはすべての感情を押し殺して、あるいはなにも感じないようにして生きていた。

おもかさまと道子の話に戻ろう。途切れない家業や労働のつらさか、主が妾宅に通い始めたつらさからか、やがておもかさまの精神に異変が生じる。松太郎は、その隠し妻との間に二人も子をもうけている。そうした夫の仕打ちのせいで、おもかさまの中でなにかが毀《こわ》れ始めたのであろう。夫である家長の帰宅をひどく嫌がり、家を飛び出してしまうおもかさまの中には、正気であったころの女としての傷や怨恨が奥底に残っていて、精神を病んでもなお、無意識に、自分を蝕《むしば》み続けた家というもの、夫というものを拒み続けている。私にはそう思えるのである。

そんな祖母の面倒を道子はよく見た。自ら語ることのできない祖母のおもかさまの哀しみを、幼い「みっちん」は深く感じ取り、涙を流す。おもかさまが自分なのか、自分がおもかさまなのか、ときどきわからなくなる。のちに、目の前に来た者の内部に入って、成り代わることもできる、とも書いている。

道子には、こうした類いまれな共感力、感応力があって、それこそが水俣病に苦しむ人々と生涯共闘することになる、石牟礼道子という作家の魂の深さであろうと思う。これは「もだえ神」の性質でもある。「もだえ神」については、第三章であらためて触れたいが、もだえ神の精神とは、なにもできないけれど、せめて一緒にもだえて、哀しんで、力になりたいという強い気持ちのことである。そうしたおもかさまとの交流の中で、おもかさまがなぜあちら側の世界に行ってしまわれたのか、その強い感応力で「みっちん」はすでに察していたのかもしれない。

女たちの哀しみの中心には、常に家というものがあった。その系譜をおもかさまから道子の母のハルノが引き継いで、道子が大人になっていくときにまたその引き継ぎを託される。道子をいつくしみながらも、家を支える最下層の働き手として苦労の絶えなかった母のハルノから、呪文のように「女は結婚せねば」と言われるのである。それは道子にとって苦痛以外のなにものでもなかったろう。

自殺未遂

いまの私たちならば、結婚したくなければしないでいいと思えるし、周囲も無理やり結婚をすすめることもない。結婚適齢期などという言葉も、あまり聞かれなくなった。しかし、当時の水俣はまだ「前近代」のただなかにあった。親の決めた結婚に逆らうすべはない。

幼いころから母のハルノや近しい女たちの苦労を目にしている道子は、結婚が嫌で嫌で仕方なかったが、一九四七(昭和二二)年、それまでつとめていた代用教員を退職し、二〇歳で石牟礼弘と結婚する。道子が子供のころに実家の吉田家は没落していたが、嫁ぎ先の石牟礼家は水俣の旧家であった。道子の夫となった弘は、決して悪い人ではなく、むしろ歌や詩作に勤《いそ》しむ道子に寛容であったし、道子本人も自分は夫の背広を縫ったりする妻であったと言っている。

が、それが本心であったかどうかは定かではない。

なぜなら、道子は一八歳で最初の自殺未遂をし、新婚四カ月でも三回目の自殺未遂をしているからである。このことは、よき夫に尽くす妻、という傍目《はため》にはなんの問題もないような結婚生活が、道子にはなにももたらさなかったことを意味している。自分の魂の自由を奪う家というもの、結婚というものが嫌でたまらず、おもかさまのように「あちら側の世界」に行ってしまいたいという衝動が不意に突き上げてきたのだろうか。どちらにせよ、うわべは取り繕っていても、家や結婚というものに道子の魂はこれっぽっちもなじめず、苦しみしか見いだせなかったことは容易に推察できる。

二一歳のときに、長男の道生《みちお》を出産する。それでも道子の希死念慮は収まらない。この世を離れ、人外境を彷徨うおもかさまとときおり同化するような幼児体験を重ねてきた道子にとって、「あちら側」の世界は、なんの違和感もなく、ポンと飛び越えれば簡単に行ける親和性のある世界だ。この世とあの世の壁は普通の人間よりはずっと低かったように思う。

おもかさまの魂が人の世を離れてあらぬところに入り込んでいく感覚を、道子自身も無意識のうちに追体験していたに違いない。

この世とあの世が非常に近しい距離で描かれるのは、石牟礼文学の特質でもある。あとの章で触れる道子の新作能にも時を超えて死者たちが甦《よみがえ》り、この世のものと亡霊が手に手を取り合って水俣の海底へと道行きをする（『沖宮《おきのみや》』）くだりが鬼気迫って描かれている。道子にとって、死者たちの世界は、おもかさまがときおり入り込む安寧の世界であり、また、道子が幼いころから呼吸するように愛《め》でてきた花や動物、木々たちの精霊の棲む世界となんら変わりのない世界だったのかもしれない。そしてそうした世界はまさに家や結婚という鬱屈を抱える道子にとって、自身の心の安寧をもたらす「別世《べつよ》」の象徴であった。私の図（一一ページ）でいう道子②（差別される非人や淫売の棲む世界）と道子③（山・川・海・湖の自然界）の世界である。その世界は近代とは対照的な前近代の世にある道子④であり、それゆえ近現代においては、ともすると死の世界に近づいて行こうとする道子⑤になる。

道子の魂は隙あらば、「別世」の方へ跳ぼうとする。長男誕生後も、一度遺書をしたためて自殺を決心するが、長男が病気になったため、かろうじて思いとどまる。だが、石牟礼道子の現実生活における希死念慮は、このときを最後に収まってゆく。

我が子を産んでもなくならなかった道子の希死念慮がなぜ消失したのか。それは、長男が肺結核で入院していた水俣の病院で、チッソ公害による患者を集めた奇病病棟の存在を知り、それが結果的に、自らの生を燃焼させる場所となったからであった。

水俣病と名づけられる前の「奇病」に侵された患者たちとの遭遇は、道子の魂を耐えがたく震わせた。道子が水俣市立病院で最初に目撃したのは、水俣病の患者が「いまわのきわに、水俣市立病院の真新しい壁に、深くうがってかきむしった無数の爪の跡であった」(『苦海浄土』第三部「天の魚」、『全集』第三巻)という。特別病棟の薄暗い二階廊下には、水銀の毒性によって発声や発語を奪われた、なんとも形容しがたい「おめき声」が響き渡り、ただならぬ気配に満ちていた。意を決して、瞳に絶望を映し異形の姿で死にゆく患者たちを見舞ったとき、道子ははっきりと自分がこの世に残る意味を見いだした。その使命のようなものを道子はこう記述している。

そのときまでわたくしは水俣川の下流のほとりに住みついているただの貧しい一主婦であり、安南《アンナン》、ジャワや唐《から》、天竺《てんじく》をおもう詩を天にむけてつぶやき、同じ天にむけて泡を吹いてあそぶちいさなちいさな蟹《かに》たちを相手に、不知火海の干潟を眺め暮らしていれば、いささか気が重いが、この国の女性年齢に従い七、八十年の生涯を終わることができるであろうと考えていた。

(『苦海浄土』第一部「苦海浄土」、『全集』第二巻)

つまり、このときまで道子は、望まない結婚をし、子まで生《な》してしまった自分の人生はもう引き返しようがない、それを憂えつつも天寿をまっとうして生きるしかないと、半分諦めの境地にいたのである。しかし、その空虚な境地はその日を境に反転する。

水俣市は熊本県だが鹿児島県に隣接するところで、鹿児島県出水《いずみ》市の漁師たちは不知火海を共有していた。その出水市米ノ津町《こめのつまち》の漁師、釜鶴松《かまつるまつ》がベッドからころげ落ち、床の上に仰向けになっている姿を見てしまう。

この日はことにわたくしは自分が人間であることの嫌悪感に、耐えがたかった。釜鶴松のかなしげな山羊《やぎ》のような、魚のような瞳と流木じみた姿態と、決して往生できない魂魄《こんぱく》は、この日から全部わたくしの中に移り住んだ。（同）

この前後の、次々と名前を記したり番号で記載したりしながらの患者たちの記述は、読んでいても耐えがたいものがある。しかし道子はしっかりと観察し、彼らの言葉に耳を傾け、記録し続けている。『苦海浄土』はルポルタージュではなく文学作品だといわれるが、しかし想像で描けるはずのない凄絶な描写と言葉の音の再現がなされているのも事実である。そしてこれが道子の独特なところなのだが、その第三者の位置からの記録と同時に、彼らの苦悩は道子の中に移り住み、彼らの中に道子は入ってしまう。

道子がよく口にする「悶えてなりとも加勢《かせ》せんば」という言い方があるが、これはまさに先述したもだえ神の出現である。なにもできない。しかしせめて共にもだえることでなんとか力になろう、という切実な思いだ。「生ぐさいほら穴のよう」な病棟で、水俣病患者の「決して往生できない魂魄」に触れたこの日に、石牟礼道子の魂の奥底で「もだえ神」が発動した。もだえ神は、『苦海浄土』をはじめ、『春の城』『天湖』など、あらゆる石牟礼作品の基底に流れており、道子が言葉を紡ぐための源流なのである。

患者たちの痛みや苦痛がわが身に移り住んだこの日、道子はもう一つの生を得た。ここで水俣病と遭遇し、のちの『苦海浄土』を編む生命力を得なければ、道子はやすやすとこの世とあの世の垣根を飛び越えて、あちら側の人になっていたかもしれない。

高群逸枝との邂逅《かいこう》

水俣病に遭遇し、これを直視して記録に残さなければいけないという衝動に駆られ、道子は病院や患者たちの家を訪問し、その心の声を文章に置き換える作業に取り掛かる。しかし、人生を賭した仕事に取り掛かったとはいえ、結婚前からずっと抱えていた鬱屈が消えたわけではない。女として感じる肩身の狭さのようなものは、仕事をするにも新聞や本を読むときにも、常について回っていたと思う。

当時、道子が物書きをするときに使用していた場所は、「畳一枚を縦に半分に切ったくらいの広さの、板敷きの出っぱり」（渡辺京二『もうひとつのこの世―石牟礼道子の宇宙』弦書房）で、座れば体がはみ出すような狭く暗い空間であった。しかし、家の者にとってみれば、その板敷きの〝仕事部屋〟は、「いい年をして文学や詩歌と縁を切ろうとしない主婦に対して許しうる、最大限の譲歩でもあったろう」（同）とある。初めて水俣の道子の家を訪ねたときに、とても仕事部屋とはいえない「板敷きの出っぱり」を見て、そうまでして文章を書くことに執する道子にいじらしさを覚えたと渡辺氏は述懐している。

結婚して子供もいる女がなにかものを書いたり、表現することがいかに肩身の狭いものだったか。先述した『「わが戦後」を語る』にも、書くのは「もう皆が寝静まって、繕い済ました後で電気を小さくして……」とある。また水俣病のことを調べに行くのも、農作業が休みになる雨降りの日しか行けなかった。雨降りの日だけが、なにをしても村で許される日であったからだ。天気のいい日にそんな目立つ活動をしようものなら、「あそこの嫁は昼から遊んでばっかりおって」と、なにを言われるかわからない。

そうした閉塞感は、外に対する批判というかたちで出てくるのではなく、幼いころからずっと道子自身の中に埋め込まれているものだったのではないか。それが嫌だ、煩わしいという感覚はあっても、それが具体的にどんなものなのか、道子自身うまく言語化できず、よくわからない葛藤、始末できないものとしてあったのだと思う。

それだけ家というものは、産業を動かす基盤として、社会構造の中に、そして家を支える家族にも密接にかかわり、血肉化していたのである。

水俣病を記録するという新たな活動のさなか、先にも触れた通り、道子は図書館で詩人・高群逸枝の著した『女性の歴史』に出逢《であ》うことになる。私との対談でも、「本の上に、光の輪が見え」たと、その神秘的な体験を語っている。魂の転換点ともいうべきこの出逢いを、道子はこのように記述している。


背表紙を見ただけで、全身を痺《しび》れのようなものがつき抜けたのは尋常なことではなかった。あまりの無学さと、文学への深い餓えのために、眩暈《めまい》が起きたのだったろう。その時わたしは三十六歳だった。（中略）そこに書かれた内容を、夫をはじめ、知っている限りの男性に話してもだれも理解すまい、とさえ思われた。学問の書として書かれてあるのに、わたしにはむしろ、旧約の詩篇《しへん》のように読めたのである。
（「高群逸枝全詩集『日月の上に』」、『全集』第一七巻）

光に誘われるようにして出逢った『女性の歴史』で、道子はすでに体験的にわかっていた女性の差別問題などを、あらためてとらえることができたと言う。これまで足かせのように自分を動けなくしていたものはなんだったのか。祖母や母をはじめ、前近代を生きてきた女たちが、どんな歴史的背景や思想によって差別され、虐げられてきたのか、高群逸枝の本を読むことで初めて自身の中で言語化することが可能になり、得心がいったのだと思う。

これまで鬱々と自分の中に巣くっていた疑問や矛盾を氷解させる解を得て、「一度に救済されたような気がしました」「お日様の丸い光が導いてくれた」と、高群逸枝との邂逅が自分にとっていかに大切なことであったか、道子は言葉を尽くす。師を得て、それまで自分を覆っていたもやもやとした霧が晴れたような気分だったに違いない。

深い感動に包まれながら道子は、高群逸枝に本の読後感を綿々と手紙にしたためて送り、本人と会うことを切望するが、それは叶わぬままに高群は一九六四（昭和三九）年、癌《がん》性腹膜炎のために死去する。道子が高群の書を手にした三カ月後のことである。『火の国の女の日記』第三部が絶筆となり、高群は七〇歳の生涯を終えた。

高群逸枝は、熊本県豊川村（現・宇城市）生まれ。一九一九（大正八）年に橋本憲三と結婚。詩人であり、日本の女性史学を初めて創り上げた人である。道子が衝撃を受けた『女性の歴史』ほか、『母系制の研究』（厚生閣、のち講談社文庫）や『招婿婚の研究』で、女性史学を新しい女性の視点で研究し、そのかたわら平塚らいてうらと従来の結婚制度や「家」制度に異を唱え、女性運動を展開した活動家でもある。

母系の森の中へ——古代、女性はリーダーであった

道子をそこまで惹きつけた高群逸枝の女性論とはなんだったのか。まずはそこを理解しなければ、道子が「近代的自我からは文学は生まれない」と言った意味は解けないであろう。対談の中で道子は、「自我」という言葉を覚えてフェミニズム的発言を始めた女子学生たちを「学校組の優等生」として、少し距離を置いた話し方をしている。彼女たちの気持ちは理解できても、道子は、自我によって女性が解放されることはないと考えている。むしろ、「近代的な自我というのを言うようになってから、自我を言い立てるあまり、人のことを考えなくなりまし

たね」と、その弊害について私に語った。

では、道子は女性の魂の解放をどこに見つけたのか。

高群逸枝と石牟礼道子には三十数歳の年齢差があったが、高群もまた道子と同じように妻を理解、受容しようとする「よき夫」に恵まれつつも、夫との距離を遠く感じ、孤独の魂をかこつ人であった。道子は『最後の人』「鏡としての死」(『全集』第一七巻)の中で、高群逸枝のこんな文章を引用している。


私はまあ、なんというみじめな妻だろう。

朝、夫を送り出すと、もうその瞬間から、長い、苦い溜息《ためいき》をつく。私の悲しみや、恐怖心は、窓から、戸から、あらゆる隙間から洩《も》れ出る。それは私が、夫を離れては、この上もなく「独り」であるから。

私は夫の留守中、ちょっとでも外に出ようとは望まない。なぜなら、そこには、あらゆる烈《はげ》しい圧迫や、嘲《あざけ》り笑《わら》いや、「不快な標準の物の見方」が取り巻いているのだもの。かれらは夫を離れた「孤独の魂」に対して、より以上に意地がわるいのだった。

こうした詩人の心の悲鳴にも似た文章を読んで、道子が「これは私のことだ」と深く感銘を受けたのは、想像に難くない。

詩人の孤独な魂は、『火の国の女の日記』のはしがきにある、「巷《ちまた》にゆけばわがこころ　千の矢もて刺さる」という言葉にも集約されている。その痛みを道子は同志のように感じ取ったはずだ。

高群逸枝は、一九三〇年、アナーキズム運動誌「婦人戦線」を自身の名によって出版し、もともと親交の深かった平塚らいてうがこれを全面的に支持した。平塚らいてうは一九一一年、「青鞜」創刊号で自らの女性論を謳《うた》い上げ、世に広く知らしめた人であった。「元始女性は太陽であった」と謳ったあの有名な宣言である。高群逸枝は自分のことを、らいてうの精神的な娘だとも書いている。

ここであらためて特筆しておきたいのは、日本の女性解放運動の黎明期《れいめいき》は、欧米のそれとは明らかに「方向性」が違っていたということである。欧米の場合は、それまで奴隷のような存在であった女性たちが自我を確立し、近代に向かって解放の道を歩んでいくというストーリーになっているが、日本の場合、それとは逆行する方向に向かう。逆方向とはつまり、らいてうの女性宣言に象徴されるように、一足飛びに時代をさかのぼり、元始、古代へと向かうのである。

らいてうも高群も、私たち女性が解き放たれる場所を、近代的自我に求めるのではなく、古代そうであったように、母なる自然界の中にあることに着目した。らいてうのいうように、古代、女性は自然界における中心的存在として、太陽のように位置づけられていた。そして、悠々として尊厳を持ち、あらゆることのリーダーであった。縄文時代の遺跡からは、祭祀《さいし》に使われていたと思われる、お腹《なか》の大きな妊娠中の女性や、豊かな乳房を持つ女性の土偶が数多く出土している。古代、生命を育み、再生産する神に近い存在として、女性は敬われていた。

また、生命をつなぐ母性的な存在としてだけではなく、岩戸に隠れてしまったアマテラスを引き出すために、踊り子のアメノウズメが乳房や腰をあらわにダイナミックな踊りを披露して八百万《やおよろず》の神々を笑わせたという『古事記』や『日本書紀』の神話にあるように、女性は、人々を楽しませる、笑いや芸能の神としても存在していた。アマテラスとアメノウズメは生命と才能という対《つい》によって、「女性」を表現している。

らいてうは、かつて花開いていた女性の天賦の才能を、「潜める天才」と称し、すべての女性の中にある天才を自ら解放せよと、女権宣言として女性たちに訴えたのである。

かつて女性の魂は自然界の中で解き放たれ、平和で豊かな生を営んでいたのに、なぜいまの自分はこんなにもみじめで孤独なのだろうか。そんな思いが、らいてうを女性運動の先駆者として走らせ、高群逸枝という詩人を女性史の歴史的検証に向かわせ、道子に衝撃を与えた『女性の歴史』を編む原動力となってゆくのである。

高群は、『女性の歴史』を書くにあたり、ページを多く割いて平塚らいてう論を展開している。道子は「らいてうをまず、近代女性の苦悶の曙《あけぼの》の姿として、深い同情をもって記し」、「ことにあの『元始、女性は太陽であった』と謳った宣言を、古代女性祭祀の現代への復権としたことは画期的で、らいてうさんもこれで浮かばれようと、わたしには思われた」(「らいてうさん・逸枝さん」、『全集』第一七巻)と、記している。

古代の自然なる母系社会の中に女性の原点を見いだし、それを復権させようと情熱的筆致で書かれた高群逸枝の書は、彷徨う魂を持つ道子の前に初めて差し出された「女性解放」の書であった。そこには道子が長い間探し求めていた、苦悩から解き放たれるための「解」があった。ともするとあちら側の世界に飛んで行ってしまいそうになる自分の魂をつなぎとめる場所を、この書の導きによって、道子はようやく発見したのである。それは欧米の女性たちが声高に叫ぶ女性の自由や権利の主張にあるのではなく、幼いころより親しんできた「山の神さん」「川の神さん」がおんなはる森の中で自らに体内化させ、すでに自分が見つけていたものであったと、道子は深く確信する。

近代的自我とは異なる生命律に身を任せて

道子は、高群逸枝が亡くなったあと、憲三の妹・橋本静子に宛てた手紙の中で、高群から受けた感銘をこのように記述している。

うつし世に私を生み落した母はおりましても、天来の孤児を自覚しております私には実体であり認識である母、母たち、妣《はは》たちに遭うことが絶対に必要でした。それは閉鎖され続けてきた私の中の女――母性――永遠、愛の系譜にたどりつくことですから。つまり普遍を自分の実体として人類につながりたいという止《や》みがたい願望に他なりません。

(『最後の人』「森の家日記」、『全集』第一七巻)

さらに道子は熱っぽく高群へのオマージュを語る。

つまり私は自分の精神の系譜の族母、その天性至高さの故《ゆえ》に永遠の無垢《むく》へと完成されて進化の原理をみごもって復活する女性を逸枝先生の中に見きわめ、彼女の血脈が、全く無知である者、または未知の者といってもよく、裏返せば無限大である私ゆえに、私の血脈にも流れ及んでいることを感じ、そのなつかしさ、親しさ、慕わしさに明け暮れているのです。（同）

高群に触発され、母なるもの、普遍につながりたいと、道子は強く切望した。この止みがたい願望こそが、道子の魂を奮い立たせ、これまで自分を動けなくしていた古い因習と決別する勇気となる。長い夜が明けた瞬間である。

長いこと女たちは自分が解放される場所を見失っていた。その場所とは、外のどこかにあるのではなく、自身の内部にこそ存在するのだということを、高群やらいてうの説く言葉によって道子は知った。普遍は、母なるものとつながりたいと願う自身の魂にあった。このことは、道子にとって非常に大事な発見であった。

その普遍なるものをらいてうは「天才」と呼び、高群は「母性我」と呼んだ。本来なんの媒介もなしにそういうものとつながっていたはずなのに、いつの間にか男を媒介にしなければ女はどこにもつながれない存在になってしまった。だからこそ、高群やらいてうは、自身の中の潜める天才（普遍）を発見せよと、女性たちに説いたのである。

たとえば大海中に浮かぶ一匹の蟻が、大海の真相を知ろうとし、大海の真理にそおうとして身をもがくとき、彼は苦悶するが、大海に一任したとき、彼は解放されるのである。

（『最後の人』「鏡としての死」）

道子は高群逸枝の右の文章を引き、さらに高群逸枝と故郷との関係もこのようなものではなかったかと書いている。

彼女は、息切れするこまぎれの自我ではなく、天然そのものの生命律を持っていて、〈感情革命〉をとげたあとは、丸々無防禦《むぼうぎょ》で、この世に、自分を放ちやったと見られます。「大海に一任する」それがたぶん彼女の感情革命で、出発哲学でした。

（同）

「息切れするこまぎれの自我」という道子の表現は、なんといまの現代人の在りようをとらえた言葉であろうか。すでに水俣病関連の原稿を書き始めていた道子が感じていた近代的自我とはそういうものであった。序章で、石牟礼道子の世界と並べ、個人を中心に据えた近現代の世界を図解（二五ページ）してみせたが、個人を支える自我というものが、いとも簡単に巨大なシステムに呑《の》み込まれていくことを予見しているようでもある。近代的自我は孤立や排除をもたらしこそすれ、決して人間世界を豊かな方には導かないと、道子はすでに知っていたのだろう。

道子は、高群が女性運動の黎明期に、近代的な自我や知性、その内在的な矛盾や自己亀裂を持たないはずがないとしながらも、高群はそこにとどまることなくさらに奥行きのある感性を醸成させ、自分の内側に流れる天然の生命律をとらえ、そこに身を任せることで自らを解放させたと書いている。普遍とつながるとは、そういうことであった。

道子のいう天然の生命律を生み出した原点を、道子は高群逸枝の故郷に見ている。高群は、道子と同じ熊本の出身である。孤独な詩人は、厭《いと》うべきものと闘いつつも、その過敏すぎる感性ゆえに、常に世間の圧迫や嘲りにずたずたに傷つきもした。そのたびに高群は、遠い故郷の静かな山々や淑《しと》やかな小川の流れを夢想し、瞬間のやすらぎを得た。

高群が生まれたころの肥後一円の下層庶民の村落には、「乳付け」なる風習がまだ残っていた。出産後、乳が出なかったり、乳の出が悪かったりすると、「乳のみ児を持っていて、ゆたかなお乳を持ちあまってい」るお内儀さんたちの中から、「あのひとの乳がよかろ」（『最後の人』「霊の恋」、『全集』第一七巻）と、乳付けする女房が連れてこられた。逸枝の母の登代子も、逸枝を出産したあとの乳の出が悪く、近傍の気のいいお内儀さんの乳をもらった一人だった。こうした故郷の共同体の記憶は、道子自身とも重なるものであり、「共同体の母たちは、そこに生い育つ子どもたちに対して、すべて、乳の母、であり得た時代なのでした」（同）として、その出生の記憶が逸枝がつながろうとした天然の生命律の源になったのではないかと、道子は推察するのである。

このようにして出生のはじめに、乳をもらった逸枝が、故郷を出離したあとでも、心情的には終生、古き良き母系の共同体をつくらずには、この世との均衡を保ちえず、たとえ抽象界であったにしてもそれをつくり出しうる手だてが感性の中にあったのは、このような世界に出生したからなのでしょう。（同）

こうした母系に連なる共同体への夢想は、道子の中にも大きなテーマとして存在していた。その多様で受容的な共同体の在り方は、『苦海浄土』をはじめ、島原・天草一揆を描いた『春の城』にも、主要な物語を背景づけるものとして鮮明に描かれている。これについては、『春の城』を引きながら、第二章であらためて語りたい。

ともあれ、道子がもともと持っていた資質であっても、高群逸枝がそれを引き出し、道子が作品を作る上で、より豊かな世界を構築させる一助となったのは間違いないと思う。

私事になるが、私自身も「世界や普遍につながるには、どうすればいいのか」という、少し大人びた悩みを抱えた子供であった。幼稚園や小学校といった集団生活になじめず、うまく話ができない、空気が読めないということで、疎外されたりいじめに遭う経験をしてきている。人前に出ると委縮して、自信がなくなった。すると、子供ながらに、自分の存在がこうした人間関係の中ではなく、なにか別の世界や揺るぎのない普遍につながればいいのにと思うようになる。それにはどうしたらいいのだろうという疑問が常に頭の片隅にあって、それがものを書くということにつながっていった。

石牟礼道子と私とでは、生きてきた時代も資質も違うが、なぜものを書くのかという点においては、多少似ているかもしれない。石牟礼道子は、その類いまれな共感力によって生来の「語り部」であったと私は思うが、語り部といっても彼女が人々に話をするわけではない。文章を紡いで表現してきた人である。歌でも詩でも小説でも、ものを書くということは、それだけで世界とつながることができる。それがたとえ世間や社会に認められなくても、言葉を書きつけること自体が、自分の存在をこの世に刻み付ける表現となって、この世にいていい、生きていてもいいのだ、と思える。

家や結婚というものに嫌気を覚えながら、あるいは水俣病という近代が生み出した病に翻弄されながら、たぶん道子も、ものを書くという作業の中でなんとか生きてきた人なのではないか。

高群逸枝が亡くなった後、道子は、来訪した逸枝の夫・橋本憲三に誘われ、夫婦が最後のときを過ごした世田谷の橋本宅（「森の家」）に約五カ月間滞在している。その間、体調のすぐれない憲三の世話をしつつ、『苦海浄土』の執筆もし、高群逸枝の評伝の準備も始める。道子は、「森の家」に滞在中に、憲三氏に紹介されて平塚らいてうとも会っている。「森の家」で道子は、高群逸枝の遺品や遺景に囲まれながら、「森の家日記」（『全集』第一七巻）をしたためる。以下は、その中の詩篇の抜粋である。

わたしは彼女をみごもり
彼女はわたしをみごもり

つまりわたしは　母系の森の中の　産室にいるようなものだ
わたしが生もうとして　まだ産みえないでいるのは　人間世界である
調和や分離を人間存在の
そもそもの原理だと　この頃思うようになった

逸枝の面影を慕いつつ、母系の森の産室で道子は思索する。そのころ、道子がまだ産みえないとする人間世界では、水俣病という近代の生み出した「毒」が、道子の故郷とそこに暮らす人々のいのちを蝕みつつあった。

二一ページの図解で示した道子④は近代世界と対峙《たいじ》する道子である。水俣の実態と人々の苦悩が『苦海浄土』に刻印されていくにつれ、道子は近代世界とのはざまで懊悩《おうのう》する。道子の魂は、近代の毒に侵された水俣の美しい自然と死にゆく人々に寄り添い、執筆の原動力となるもだえ神の精神を深くしていくのである。

「古代の魂」ゆえに

戦後「進歩的文化人」として知られた哲学者の鶴見俊輔は石牟礼道子に出会ったとき、「古代から来た人か」と感じたという（「解説」、『全集』第七巻）。

似たような印象は私にもあった。道子の繰り出す言葉には、時系列というものがほとんど存在しない。七〇年前のこともつい先日のように話し、体験した出来事に関してどちらが後先か、判別できず無頓着である。時系列や数値というものに興味がないのである。

序章でも書いたように、道子の母のハルノも自分の生年月日がわからなかった。役所に届けに行ったり、出生の日時を確認するという行動ができない。それは、江戸時代の人々にとって誕生日というものが一般的でなかったからであることも、すでに書いた。道子は近代人として生活に必要な数値はもちろんわかっているわけで、そうでなくては『苦海浄土』の医療記録は書けないのだが、しかし数字によって管理され、個々人が数値化された近代人とは、明らかに違う物差しで生きている人であった。私との対談でもこんなやりとりがあった。

田中　渡辺京二さんが書かれておられましたが、石牟礼さんの中では、昔の時間と今の時間が重なっていることがあると。

石牟礼　はい、重なっています。

田中　人間の記憶はそういうものなのかもしれません。順番に思いだそうと思っても、そうはならず。

石牟礼　私は順番というのがとても苦手なんです。数字が出てくると、これがまた苦手で。順番を数字で思い出すことが、一番苦手です。

田中　何年何月の何日に何があったとか。

石牟礼　そういうのは限りなく間違えます。

田中　それでも歴史的なことをお書きになっている。

石牟礼　そうですね（笑）。間違ってばっかりいます。あちこちから訂正が入ります。

田中　『西南役伝説』も、歴史物かなと思っていましたら、違うんですね。その時に生きてらした方々の語りなんですね。

石牟礼　そうなんです。

田中　あれは驚きました。西郷隆盛のことを今生きている人が自分の体験として語っている。そんなことってあるんだと。歴史が、過去の出来事としてではなく、ある人間の中に刻み込まれた経験として、目の前の人の中にある。そういうことがあり得るんだと思いました。

石牟礼　ある出版社の人から、「これは年表になっていない。年表と結びつかない」って言われました。なるほど、たしかに年表は書いていない、困ったなあと。なぜこういう世界を書いているかということを、この人に分かるように書かなければならないのかなと思ったのですが、やーめたと思いました（笑）。

田中　読む人が調べればいい話ですよね。

石牟礼　そうですね。今度はそう言おうと思います。

小さい時、父が数を私に数えさせていたことがあります。いち、じゅう、ひゃく、せん、まん……と数えていくと、一番終《しま》いの数ってあるのかしらと思って。今考えても分かりません。その頃に無限というものに思い当たって。もちろん「無限」という言葉は知りませんでしたが。いつまで数えればよかか、と父に聞いたら「終わらん」と。父が死んでも終わらんと。八幡祭り（水俣の伝統祭り）が済んでも終わらんと。家のものが全部死んでも数は終わらんと。それで絶望しました。ずっと数えなきゃいかんのかしらと、病気になりました。

田中　私にも似た経験があります。それは数ではなく空間の経験でした。中学のころ星のことに夢中になって調べていたのですが、ときどき、「永遠」について考え込んで、眠れなくなりました。

何億年も前の光を見ているとか、宇宙に果てはないということを言われた時、考えてもしょうがないのに、考え込んでしまいました。

石牟礼　そうでしたか。知恵熱がでますね。数が近づいてくると逃げたくなるのです。

（『毒死列島　身悶えしつつ—追悼　石牟礼道子』）

数が近づいてくると逃げたくなる……そんな太古の物差しで生きている道子と話していると、心の奥で非常に懐かしい感覚があふれ出て、かつてあったゆったりした時間の流れを感じるのである。

太古の人がここに立つと、地球は五千年前とそれほどかわらないように見える。人間同士も、それほどかわっていない。

石牟礼の文章を受けいれると、石牟礼の眼《め》で世界を見るから、現代は太古のように見える。

（鶴見俊輔「解説」、『全集』第七巻）

この見方は、石牟礼文学の核心をついていると思う。鶴見は、石牟礼道子の論文や随筆を古代人の眼で見た「劇」だという。そうかもしれない。前近代——非近代的なるものは、太古までつながっている。

鶴見俊輔という人は、古代神話に深い関心を寄せ、アメノウズメノミコト論（『アメノウズメ伝―神話からのびてくる道』平凡社ライブラリー）では、権力に屈しないおおらかで開放的なアメノウズメノミコトに、古代の女性の輝きを映した。現代人は、生活者として古代の感覚を取り戻すべきだと言い続けた人でもある。

私が知っている鶴見俊輔は、近代的知識人にはまったくといっていいほど興味がなかった。彼のまなざしはいつも民衆や庶民の側に向いていて、その人たちの中に煌《きら》めくものを発見したり、注目したりする。おそらく、石牟礼道子に向けたまなざしも、そういうものであったろうと思う。鶴見は、もし道子が都会で教育を受けた近代人であったら、水俣の患者に代わって話し、書き続けることはできなかったであろうという。そして、道子が近代的知識人ではないからこそ、古代の魂を持つがゆえに、水俣病によってその魂が深く傷ついたとも書いている。私も同じ視点に立つ。

また鶴見は、水俣病が注目され始めたころと同時代に起きていたベトナム戦争やそれに続く紛争を例に挙げ、「共同体のための自死」と、「それに思い及ばない近代文明の指導的知識人」の感じ方の対立について持論を述べる。

高等教育を受けた文明人には、共同体の感情が自分自身の中に湧きあがってくる人びとのことが、想像できなくなっており、それは、戦後日本の高度経済成長を通って自我を成長させてきた人にとって、水俣病におそわれた漁民のことを感じられなくなっているのと異種同型である。（同）

鶴見と同じように、日本の共同体について独特の視点を持っていたのが、水俣出身の詩人、谷川雁であった。道子は『「わが戦後」を語る』の中で、谷川たちの「サークル村」に参加したときのことを、「無意識に思っていた日本の近代の成り立ちへの疑問を、その人達によって意識化する作業が出来たと思います」と書いている。そして村という共同体について、いままでとは異なる見方をするようになる。

その人達と一緒に勉強してよくわかったのは、今まで苦しいことばっかり思っていた村の姿、自分をいじめてばっかりいる、つまりマイナスでしかないと思っていた、日本の女を縛るだけの村だと思っていたことを、少し見方を変えるようになった。（中略）谷川雁は日本の近代文学というのは日本の村を見てこなかったと常々言います。日本の村の成り立ちを見てこなかったから、今のように近代化されてしまった都市文明は人間が生まれ育ち、人間がつくる文明の成り立ちを見失ってしまったのではないかと。それはよくわかりました。

石牟礼道子は、近代的自我の形成にはおよそ関心がなく、魂の拠点を古代の母たちに置き、高群逸枝と同様、現実にはない寛容でいのちにやさしい共同体を夢想したが、それは決して、自分が育った前近代的な村を否定したからではなかったのだ。近代は村共同体と向き合わなかったために、大きなものを失った。その近代が失ったものを、道子はたしかにおのれの中に持っていた。実際、道子がその足を深く踏み入れるのは、近代から否定されながらもなんとか自分の内部に持ちこたえてきた記憶の共同体を含んだ、あるいはそれを守るための、「闘う共同体」だったのではないだろうか。したがって、それは単なる理念ではなく、心身に刻み込まれた記憶を基盤にしていた。

鶴見は「共同体のための自死」と表現するが、道子の水俣闘争は「共同体のための道行き」と表現する方が近いかもしれない。

それほどつらいのなら私も一緒にもだえましょう。一人で死んでいくのが寂しくて厭《いや》なら、

「非人乞食」（乞食のこと）となって、私も一緒にお供しましょう。

古代から来た人は、自分も傷つきながらなお苦しむ人々に寄り添い続ける。道子にとっての「闘い」とは、そういうものであった。

第二章
闘う共同体

1970年5月　厚生省前　撮影＝宮本成美

道子が夢想した「新しい共同体」

私との対談で、道子は、自分を縛ってきた家や結婚というものから解放されるために、女性たちが自身の自我を主張してもそれはなんの解決にもならないと明言した。女性たちが自我を言いつのったときになにが起こるのかというと、ほかの人の自我を侵食してしまうだろうと。自分だけ解放されればいいという自我の肥大化が近代を産んだのだとも道子は示唆した。自我を主張するつもりは自分にはないという。では、どういう方向に向かうのかという私の質問に、道子は「新しい共同体」という言葉を出してきた。

「新しい共同体」――いままでとは異なる共同体とはなにか。なにと異なるのかといえば、たぶん、家や家族といった、血縁や姻戚による共同体であろう。男性と女性が結婚して子供を産んでという、そうした家族の共同体ではなく、道子は「家」以外の共同体を夢想していた。

その共同体にあっては、女性は当然必要とされつつ、排除もされず、否定もされず、女性だけが奴隷のように働かされたり、「おなごのくせに」と侮蔑されたりもしない。古代にはそうした共同体が存在していた。そこでは人間だけでなく、動物や植物や、海のものたちが等しく生を謳歌できた。

「共同体というのは、万物が呼吸しあっている世界だと思ってきました」

そう道子は私に言った。道子の夢想する共同体とはまさしく、おのれの記憶に基づいた、そういうものであったろう。古代に視点を置きすぎると、考え得る共同体というものがどうしてもユートピア化してしまい、生身の人間世界からはかけ離れた非現実的なものになりやすい。しかし、石牟礼道子の考える共同体は、決して観念化されたユートピアではない。それは生身の道子に潜むものであり、生身の人間をきちんと見据える視点がある。

では、生身の人間が作る、差別も身分差もない共同体とはどんなものなのか。そう考えたときに、私のイメージに鮮やかに入ってくるのが、島原・天草一揆に材を取って石牟礼道子が描いた『春の城』の世界である。強大な幕府軍という敵に対して、弾圧された切支丹はじめ、あらゆる立場の農民や庶民が一斉蜂起して立ち向かう。そこには男も女もなく、身分差も宗教の違いもない。みなが生き延びるために、「闘う共同体」として、つながりあう。その『春の城』のイメージに折り重なるのが、チッソ東京丸の内本社での水俣闘争である。男も女も関係なく、老いも若きも、患者である人もない人も、一緒になって立ち上がって、チッソという強大な敵に立ち向かう共同体を作り上げた。闘う意志を持った生身の人間たちの共同体である。

おそらく、道子がこれほど深く水俣闘争にかかわらなければ、夢想する共同体のイメージはまた別の様相を持っていたかもしれない。しかし、巨大企業チッソが垂れ流した水銀毒の恐ろしい被害に、道子のもだえの精神は沸点に達する。万物が呼吸する生態系を壊し、そこで生活を営む人々の健康やいのちを奪っても「利益」を優先させる巨大企業や、そのシステムを後押しする国に対して、道子たちは、はっきりと否を突きつけたのだった。

チッソとはまさに近代の象徴である。巨大な近代産業であり、巨大な権力である。そこに立ち向かったときに出現した共同体の姿を、石牟礼道子は『春の城』に鮮やかに描いてみせた。その共同体を構成する水俣の人々一人ひとりの顔を、生活を、表情を、数百年前に原城に立てこもって散っていった老若男女の人々の姿に重ねて映し出したのである。水俣病との出会いが道子に『春の城』を書かせたといってもいいだろう。その意味で私は、数ある石牟礼道子の作品の中で『春の城』は特別な意味を持っていると思っている。

道子の描いた「闘う共同体」は、決してユートピアではない。強大な権力に立ち向かうといっても、みんなが心を一つにして一丸となって闘いを挑んでいくといった美化されたものではない。そこにはそれぞれ立場の違う人間の事情が絡み合い、諍《いさか》いや仲間割れもあれば、気持ちの温度差もある。権力側は、金銭の誘惑をはじめ、さまざまな手段を講じて抵抗勢力の結束力を削《そ》ごうとしてくる。揺らぎながら、震えながら、立ちすくみながら、それでもなんとか、みんながそれぞれやれることをやって、生き延びるための闘いに挑んでいく。

一九七〇年代当時、「団結」や「連帯」「自立」といった勇ましい言葉がはやっていたが、その言葉には「なにか情愛において足らんなあと思」う（「〈対談〉石牟礼道子文学の世界」、『全集』第一六巻）と、道子はいう。団結も連帯も悪い言葉ではないが、なにか固いものでお互いを縛っているような気がするのだという。

「もうちょっと心の隅々まで、あるいは肉体の隅々まであたため合うような、死んだ先までも忘れ難い絆《きずな》というものがないと、あんな、北風がびゅうびゅう吹く東京のど真ん中で座られたものではありません」（同）。チッソへの抗議で座り込みを決行した人々との絆を、道子はこのように語っている。そして次のように続ける。

その絆のことを、わたしは「道行き」と自分に言いきかせました。ふたりであの世に行く姿をお芝居でみたりしますよね。一人ででもあの世に行かなければならないと思ってる者同士が、孤立の果てにふっと目をあげるとそこに同じような境涯の人がいる。一緒にい

きましょうか、というような気持ちなんですよね。（同）

道子のイメージする共同体は、小林多喜二が『蟹工船』で描いたような労働者のための政治闘争を目的にしていない。なぜなら、『春の城』には天草四郎というもだえ神が、『苦海浄土』には石牟礼道子というもだえ神が登場するからである。苦しんでいる人に寄り添う。なにもできないけれど、そこに駆けつけて一緒に闘い、一緒に苦悩する。「悶えてなりとも加勢《かせ》する」、そういう存在として共同体の中に登場する。個が自立するストーリーを持つ近代文学には、もだえ神は登場しない。

道子は、そのもだえの精神を「義」であり「徳義」だという。「義」として自分も加勢するのだという人間が、『春の城』にも、『苦海浄土』のチッソの路上にも幾人も出現する。年齢も職業も立場も違う人々が、差別され、苦しんでいる人たちを見捨てておけず、加勢する。闘争の声を上げげつつ、互いに寄り添いあたため合う、死んだ先までも忘れ難い絆——そんな共同体を道子は水俣の人々とともに実際に体現した。

その闘いの場となった、チッソの路上で、故郷の天草で起きた遠い昔の事件が突然、道子の中で一直線につながったのである。

島原・天草一揆と水俣闘争はつながっている

島原・天草一揆を描いた『春の城』は、水俣の患者たちとともに、チッソ本社前の路上で抗議を続ける中で構想を得たという。『春の城』の構想についてのインタビューで、道子はこう語っている。

根っこには水俣病にかかわった時の体験があります。昭和四十六年、チッソ本社に座り込んだ時、ふと原城にたてこもった人たちも同じような状況ではないかと感じました。機動隊に囲まれることもあったし、チッソ幹部に水銀を飲めと言おうという話も出ていた。もし相手に飲ませるのなら自分も飲まなければという思いもあって命がけだったけど、怖くはなかった。今振り返ると、シーンと静まり返った気持ちに支配されていたような気がします。それで原城の人たちも同じ気持ちではなかったかと。それから長い間、乱のことを心の中で温めていました。

(『完本　春の城』藤原書店)

対談でも触れているが、かつて島原・天草一揆をこのような視点で、あるいはこのような手法で描いた人は皆無である。

一六三七（寛永一四）年、苛政に苦しんだ三万七〇〇〇もの一揆勢が原の古城に立てこもり、総勢一二万の幕府軍を相手に闘い、全滅した。幕府は、女子供といえど容赦なく一人残らず撫《な》で切《ぎ》りにせよと命じ、古城は凄惨な血の海と化した。七重八重の死人が折り重なる修羅場に、やがて火矢をかけられ、数万の人々もろとも古城は炎上した。籠城したものの中に逃げ出すものは一人もいなかったという。

石牟礼道子の『春の城』は、この幕府による虐殺事件を、切支丹弾圧を含め、従来のような歴史的な悲劇の物語として描いてはいない。ではどう描いたか。一揆に参加した人々の一人ひとりの生身に焦点を当て、苛政、圧政の中で、彼らがどんな日常を過ごし、なにを食べ、なにを考えて生きていたか、その生活の営みの一部始終を詳細に語り聞かせたのだ。物語の構成としては、一揆、合戦の描写は全体から見ればほんの一部で、あとのほとんどは彼らの暮らしぶりと、日常でかわされるやりとりを中心に展開される。島原・天草一揆でいのちを落とした人々は、歴史上の「被害者」として扱われるのではなく、石牟礼道子という語り部によって、生身の人間として生きた生をこの物語の中で甦らせた。これはまさに『苦海浄土』を描いた手法と同じである。

1972年２月　東京、街頭デモ　撮影＝宮本成美

苛政、圧政の中で村人たちは自分たちの食い扶持《くぶち》を確保するにも困難な事態に陥っていた。そこに日照りや洪水などの自然災害が襲い掛かれば、飢えは目前に迫る。それでもなお既定の年貢を強要する無慈悲な松倉家の当主に対し、村人たちの反発は、しだいに高まってゆくが、石牟礼道子は、彼らを単なる「虐げられた人々」として描いてはいない。

どんな逆境にありながらも、農民たちは、明日の天気の心配をし、近所で赤子の出産があれば祝福し、作物の出来高を話し合っては一喜一憂する。子守りのおうめは、蚕豆《そらまめ》の初物に胸をときめかせ、「青い初物をいただく悦《よろこ》びは何ともいえない」と思い、枇杷《びわ》やいちご、茄子《なす》や胡瓜《きゅうり》が熟れてくるのを心待ちする。そこには「どこかで作物の神様が、うんうんとうなずいておられるのではないか」と、おうめの心情がほほえましく語られている。苛政の中にあっても、人々の日常は自然の悦びとともにあり、それを権力者たちが奪うことはできないという意思表示のごとく、石牟礼道子は平和で豊かな農村の暮らしを詳細に描写している。

このおうめは、切支丹でないにもかかわらず、一揆に参加して、原城立てこもりの際は、賄い方を担うことになる。おうめだけでなく、合戦に備える男たちとともに、女たちは、兵糧用の穀物をかき集め、畑の大根を引き抜いて切り干しにし、籠城のために備えた。籠城してからの共同体の「生活ぶり」が詳しく描かれているのも『春の城』のほかに例を見ない大きな特質である。やがて玉砕する人々の暮らしぶりにここまで焦点を当てた物語があっただろうか。

半分穴を掘って藁《わら》で囲っただけの無数の小屋が掛けられ、「これまで見たこともないおびただしい人間たちが、あちこちの地面に急ごしらえの石のかまどを据えて、朝餉《あさげ》の準備」が始まる。この光景は壮観だ。廃墟《はいきょ》となった城跡に、忽然《こつぜん》と一つの村落、コミュニティーが出現したのである。刻々と変わる戦況に一喜一憂しながらも、そこでは、明日のいのちをも知れぬ人々が、まだ生活を営み、天気の話をし、残してきた家族や田畑の心配をし、ときには唄や踊りも飛び出す。

1970年
写真提供＝朝日新聞社／ユニフォトプレス

この光景は、道子たちがチッソの本社の前で敢行した二年にも及ぶ座り込みや、本社に立てこもる様子と驚くほど重なる。巨大な幕府軍をチッソに見立てるなら、水俣の患者集団は、その圧政に苦しめられた島原・天草の人々である。彼らは、水俣に毒をまき散らした大企業に抗議の声を上げつつ、生活者としてそこに存在していた。少なくとも石牟礼道子の描いた『苦海浄土』第三部には、そう描かれている。

チッソ本社前の酷寒の路上で、ハンストを決行しつつも、故郷を遠く離れた東京で死ぬわけにはいかないと、寒さをしのぐために布団や炬燵《こたつ》、火鉢を持ち込み、鍋釜持参であたたかい食べ物を腹に入れ、エネルギー補給した。極度の疲労の中にありながら、その様子はどこか明るく、仲間とかわすやりとりにも冗談が飛び交い、そこはかとないおかしみにあふれている。彼らも被害者である前に、泣きも笑いもする生身の人間としてそこにいたのである。それは単なる抵抗する集団ではない。一人ひとりの顔が見え、暮らしぶりが見え、毎日なにを考え生きているか、その日常が道子の筆によって生き生きとつづられている。

たとえばこんな場面がある。抗議する道子たちの集団が、チッソ本社から表通りの路上に追い出されたとき、「わたしはうず高く散乱しているボロ毛布をかきわけて、髪を振り振り、もぐらが野天の星を見たときのように笑った。それは、ひとびとにすぐさま感染したようだった」(『苦海浄土』第三部「天の魚」)とある。チッソとの闘いを「みえない蟻地獄」としながらも、道子は「よいこと、でなくとも人間というものは心楽しく笑うことができるのである」と、自身も含め、どん底にありながら一瞬の和和《なごなご》とした笑いにすがりつく人々の心の在りようをそこで語っている。

対談のときも、『春の城』の天草の人々のやりとりを人間の面白さとして楽しんでしまったと言うと、石牟礼さんは、「楽しんでいただければ本望でございます」とにこやかに言い、天草の人々の話がすぐさまチッソの株式総会に行ったときのおばあさんたちの話になった。チッソを相手に一緒に闘った仲間と島原・天草一揆に参加した人々の話は、石牟礼さんの中でなんの違和感もなく地続きでつながっているのである。

株主総会でご詠歌を歌うために、おばあさんたちが歌の練習をするのだが、「人のこの世はながくして　変わらぬ春を思えども　はかなき夢となりにけり」と歌うところを、おばあさんたちは必ず「はかなき恋となりにけり」と間違えるのだと言って石牟礼さんは笑った。わざとこんなふうに間違えるのは、彼らの自己保護のためなのだと言う。そのことはご詠歌のお師匠さんもわかっていて、「（おばあさんたちは）芯から馬鹿じゃなかっじゃもんな。馬鹿を作っとっとじゃもんな」「これにゃあ手も足も出せんばい」と、気持ちに寄りそうのである。

説教する方の立場もよう分かっている。だから、あまり絶望的にならない。徹底的に憎み合うようにならないよう、わずかに身をかわしながら、面白い方にもっていく。自己演出、集団的な演出をお互いにやっているんです。

チッソの株主総会でも、おばあちゃんたちは私語をささやいていました。「あの家の若いもんと、どこどこの娘は仲良うなっとっとばい」って（笑）。それも、議事が進行しないようにです。

（『毒死列島　身悶えしつつ―追悼　石牟礼道子』）

絶望に覆われてしまうと、人間は一歩も動けなくなってしまう。だからこそおばあちゃんたちは、笑いを本能的に取り込んで、深刻さや絶望を少しでも回避しようとする。島原・天草一揆に参加した人々もまた同じであったろう。明日は総攻撃がかかるという前の晩に、籠城した人々のささやかな晩餐《ばんさん》がおこなわれるが、湿っぽくなりがちな場の空気を、酒飲みで漁師の竹松が、「パライゾ（天国）にも、酒はありやしょうかのう」とおどけてみせて、みんなの緊張をほどき、いっせいにほのぼのとした顔になったというくだりがある。絶望的にならない、ならせない、おばあさんたちの在りようと同じである。

闘う共同体と辛苦を共にしながら、石牟礼道子は、そうした生身の人間の心の在りようを、ことこまかに観察し、『苦海浄土』に刻印した。石牟礼道子の『春の城』は、時空を超えて甦った遠い時代の『苦海浄土』ともいえる。

道子の描こうとした「闘う共同体」とは、なんであったのか。巨大な権力に立ち向かう人々の集団であることは明白であるが、『春の城』にはそれだけでない特別ななにかがある。それを読み解くために、以前私が『完本 春の城』に寄せた解説をここに再録したい。この解説の中に、石牟礼道子が夢想した共同体がどんなものであったのか、それを解くいくつかのヒントがあると思っている。また、『春の城』を未読の読者も、この解説によって、物語のだいたいのあらましがおわかりいただけると思う。

私たちの春の城はどこにあるのか?

『完本 春の城』（以下、『春の城』）には、日本人が忘れてはならない三つの事柄が込められている。第一は島原・天草一揆（一六三七～三八）という、大きな歴史的転換だ。第二は、この地方の人々が「もだえ神」と呼ぶ深い魂。そして第三は、近代日本に矢のように突き刺さって決して抜けることのない水俣事件である。

この三つは『春の城』のなかで関連し合いながら、今とこれからの人間に、決断を迫るかのように差し出されている。

第一の島原・天草一揆は歴史の教科書を見れば必ず書いてあるだろうが、実際にはそこにどのような暮らしがあり、何が引き金となってあれほど壮大な出来事になり、それを契機に何が変わったのか、そこまでは教科書にも歴史書にもあまり書かれていない。むしろ「乱」と名付けること、しかも切支丹の乱、と片づけることで、年表の彼方《かなた》に消え行くように仕掛けられているのだ。

文学、とりわけ小説の役割として、片づけられてしまったものを呼び戻し、その中に生きていた人に再来してもらって紙の上でもう一度生きてもらう、ということがある。これは古くは俳優《わざおぎ》や人形《ひとがた》がやってきたことで、夢幻能では死者が橋の向こうから至り来て語り、歌舞伎も、厄介者としてあの世に送り出された「かぶき者」が舞台に蘇ることで始まり、人形浄瑠璃は「げにや安楽世界より今この娑婆《しゃば》に示現して、我らがための観世音。……札所の霊地霊仏廻《めぐ》れば、罪も夏の雲」と、心中で死んだ一八、九歳の少女が、人形となって観音を巡り、そのとき、「かんのん」の慈悲によって「つみもな」くなることが音によって予言された。こうして再来した死者を弔った。

そこで『春の城』は、三万七〇〇〇人もの人々が亡くなった「原の城」すなわち「はるのしろ」を「春」の城として再生した。片づけられてしまったあの出来事は私たちの前に再び現れ、

原城址

最後にその空にはアニマ（魂）の鳥が飛び、その海にはアニマの舟が漕ぎ出して、アニマの国に渡っていく。アニマの国とはいかなるところか、この小説を読む者の中にかたちをとる。アニマの国とは「もだえ神」が生きている国のことで、それは、かつての天草にほかならない。

原城では何が起きたのか。一六三七（寛永一四）年、旧暦一〇月一五日のことだ。この日は新暦一二月一日で、もう風が寒かったはずである。この日、加津佐じゅわん（本書では寿庵）から廻状がまわった。そして二五日には、有馬の百姓が代官を殺して蜂起する。一般には、この日が島原・天草一揆勃発の日とされる。二七日、大矢野の大庄屋である渡辺小左衛門たちが「立ち返り」を表明して蜂起し陣を構える。「立ち返り」とは、弾圧によって一度信仰を捨てた（あるいはそう見せかけた）人々が、それを悔いて再び切支丹になることである。島原・天草一揆は、立ち返りの人々が中心になった。そのことに、この一揆の重要な意味がある。

島原・天草一揆は、島原の領主である松倉家の苛政が原因の百姓一揆なのか、それとも切支丹の蜂起なのか。今までも意見は分かれてきた。『春の城』にも書かれた「矢文」のやりとりは、一揆勢と幕府軍とのあいだで実際にあったことだが、そこから分かるのは、どちらでもあるという事実だ。幕府上使の松平伊豆守へあてた「天下へ之恨、かたがたへの恨、別状ござなきそうろう」という矢文も確認されている。松倉家からかけられた重い負担（苛政）には恨みをはらしたい、という矢文もあり、一方で切支丹であることさえ許してくれればそれでよい、ともある。切支丹でない人々も原城におり、切支丹ではないが苛政に恨みを持つ人、信仰を強制された人、一揆への参加を強いられた人など、多様な人々が原城の中にいたのだ。

『春の城』でも、「切支丹になったわけじゃござりやせんが、こたびは男として、加勢に参りやす」と言って参加する者を書いている。仏教徒のおうめが「ナンマイダブ言う口の下から、大枚下されと手を出す坊さまのことも、あたいはよう知っておりやす。アメンの衆にも、ろくでもなかはずれ者はおる」と切支丹から受けた屈辱を語っている。一揆衆が「ためらっている者たちを罵ったり、脅迫したりする者もあらわれた」という記述もあり、火をつける者たちがいたことも書き込んでいる。『春の城』は切支丹や一揆勢を美化することはない。残っている記録を丹念に読み、事実に基づいて、そこにいた者たちの心の声を聞こうとしているのだ。その方法は『苦海浄土』の方法でもある。

島原・天草一揆は百姓一揆でもあり、同時に切支丹の信仰を守るための闘いでもあった。彼らが暴力にさらされ、人として自由に生きる権利を失っていたのは事実だった。島原藩・松倉家の課した極端に過重な年貢、拷問、処刑。天草を領有していた唐津藩・寺沢家のおこなった石高偽装による重税など、江戸時代初期の藩主たちが功を焦るなかでおこなった苛政の中でも、島原と天草の状況は常軌を逸していた。島原・天草一揆後、松倉勝家は斬首となり、寺沢堅高は自害の後お家断絶となる。この場合苛政とは、重税だけの意味ではなかった。

秀吉による九州平定後、一五九六年から九七年に、有馬と大村の教会約一三〇が破壊焼却され、二六人が処刑されている。一六一二年には幕府が禁教令を発令し、有馬晴信は自刃して果て、そこから斬首、火刑が始まった。このような状況下で自らの内面（信仰）の自由を屈辱的な状況で捨てさせられることも苛政である。このことは近代になっても繰り返されており、今後も繰り返される可能性がある。

さて、蜂起の後、島原藩、唐津藩、熊本藩は相互に連絡を取り合って動いていた。一〇月二七日の蜂起のあと、三〇日に渡辺小左衛門は捕縛される。そして事態は大坂町奉行に知らされる。この段階で、この一揆は地域の一揆から、日本全体の存続にかかわる幕府の問題になったのだ。一一月九日には情報が江戸に届き、幕府は板倉重昌と石谷《いしがや》貞清を上使として現地に送った。彼らが小倉に着いたのは一一月二六日で、西洋暦では年が明けて一六三八年一月一日になっていた。この間、四郎は天草に陣を置き、やがて富岡城を攻めたが攻略を諦めて、廃城となっていた原城を修理し、そこを陣とすることを決めた。一揆勢は原城に入り始め、一二月三日、ついに四郎が原城に入った。一〇日、到着した板倉重昌は原城の攻撃を命ずる。そこから旧暦の元日も含めて頻繁に原城を攻撃するうち、板倉は一揆勢の銃弾に倒れる。そこに、次の上使、松平伊豆守が送り込まれる。一揆は本来、年貢を納める相手に対して起こすものだが、この一揆は幕府との直接対決になった点で、それまでの土一揆と異なり、この後の百姓一揆とも異なる。最終的に各藩の兵力を統合した幕府軍は一二万人以上にふくれあがった。一揆勢の三、四倍の人数である。

江戸時代の一般的な一揆を考えてみる。一揆には厳密な手順があった。まず徒党を組み、頭取（首謀者のこと）を中心に契約文言、起請《きしょうもん》文を作る。参加者たちはそこに円形に署名する。

その署名を傘連判《からかされんぱん》、傘状連判、車連判、天狗状《てんぐじょう》と言う。円形に署名することで頭取が誰かわからなくなり、首謀者の逮捕を逃れられるからだが、島原・天草一揆の場合、頭取は四郎であって、そのことは隠されていない。連判状の段階で「一揆」が成立する。

一揆が成立すると、愁訴と言い、言葉で窮状を訴える段階がある。要求事項とその理由を記載した「百姓申状《ひゃくしょうもうしじょう》」を読み上げ、要求相手にこれを渡す。越訴《おっそ》がおこなわれる場合もある。代官へ訴えるべきものを領主に訴えたり、藩を飛び越えて幕府に訴えたりすることである。愁訴または越訴が受け容れられなかった場合、集団で訴えに押しかける。一揆の呼びかけは、頭取のいる村を「発頭村《はっとうむら》」として廻状《かいじょう》を作る。廻状には一揆の目的、日時、年齢範囲（ほとんどの場合一五～六〇歳）、廻す方法、違反者への罰則が書かれる。このときに打ち毀《こわ》しがおこなわれることもおこなわれないこともある。打ち毀しとは、一揆が大庄屋、庄屋、地主、在方商人、都市富商などの豪農商の家屋・家財を破壊し、衣類、金銭、穀物、証文類を切り裂き、まき散らすことである。土蔵の放火もあるが、窃盗は厳禁だった。一揆当日は蓑《みの》を着て笠《かさ》をつける。篝火《かがりび》をつけ、たいまつを持ち、鐘や半鐘が鳴らされ、ほら貝が吹かれ、ときの声を上げ、出動をうながす。最後の手段は逃散《ちょうさん》である。逃散は、愁訴、越訴、強訴いずれも受け容れられなかった場合、百姓たちが田畑を捨て、山林に入ったり、他の土地に集団で移住することを言う。藩は経済的基盤を失うことになるので、逃散だけは避けたい。そこで交渉に応ずるのである。

しかしこれは、島原・天草一揆の後に成立した百姓一揆のプロセスと手続きだ。大橋幸泰は『検証　島原天草一揆』（二〇〇八、吉川弘文館）で、島原・天草一揆は土豪一揆の段階から惣《そう》百姓一揆へ変わる分水嶺《ぶんすいれい》となった一揆だったのではないか、と述べている。確かに後の一揆のような詳細な手続きがなく、傘連判のような頭取を守ろうとする気遣いも見当たらない。後の一揆は、要求とその相手と一揆の継続意志が具体的で明確だが、島原・天草一揆は要求し尽くした後に、絶望とともにいきなり廻状、一揆、打ち毀し、逃散が同時におこなわれている。越訴は意図的でなく、幕府の上使まで江戸からやって来てしまったことで、結果的に越訴になった。一揆は出動の時に鐘、半鐘、ほら貝、その他百姓の様々な道具をたたいて「音を出す」ことも特徴だが、それもおこなわれた。『島原天草日記』には、城中においてたびたび太鼓が鳴り、舞い踊り、歌が聞こえる、と書かれている。「かかれかかれ寄衆もつこてかかれ、寄衆鉄砲の弾のあらん限りは」「とんと鳴るは寄衆の大筒、鳴らすとみらしょこちの小筒で」「ありがたの利生や、伴天連様のおかげで寄衆の頭をすんと切支丹」という歌の歌詞まで記録されている。原城の中で歌い踊りながら戦いを乗り越えようとしていたのだ。とにかく、一揆の特徴が手順をふまずに全て原城に集中している。

日本のグローバリズムへの対応という観点でも、島原・天草一揆は歴史の転換点であった。当時のオランダ商館長クーケバッケルは幕府に依頼されて大砲を提供し、オランダ船二隻が海に待機して、発砲の準備をしていた。もし本格的な発砲をおこなって原城を徹底的に破壊することになったら、それを契機に日本はオランダ東インド会社の支配下に入ったであろう。それはポルトガル陣営が日本に軍を派遣する理由となり、日本はポルトガルとオランダの代理戦争の現場になったに違いない。一揆勢はポルトガルの援軍を待っていたという説もある。実際には交渉する時間がなかったと思われるが、島原・天草一揆は浪人たちによる周到な幕府転覆計画であったとも言われる。この一揆から一三年後に由井正雪の乱が発覚することを考えると、浪人たちの反幕テロリズム・ネットワークが出来上がっていた可能性は高い。彼らはポルトガルを利用する計画を立てることもできたであろう。結果的にこの後、ポルトガルは出島から永久に追放され、オランダ東インド会社が出島を占有することになった。

しかし石牟礼道子は、この出来事の日本史的意味を探るためにこの作品を書いたわけではなかった。むしろ冒頭に示した第二、第三のまなざしが、この作品の価値なのである。『春の城』の構想を尋ねられ、石牟礼道子はこう答えている。「知り合いが病気すると『もだえてなりともかせせんば』と言う人がいる。何もできないけれど、治ってほしいといういちずな思いが病人の力になれば、という意味。今の世の中が忘れている心ですが、そんな人たちの中にキリスト教が入っていった。失われた日本人の魂を書きたいと思います」と。

「かせせんば」は加勢しなければ、つまり助けねば、という意味だ。実際に助けることができなくとも、という気持ちが「もだえてなりとも」の言葉にこめられている。これを石牟礼道子は「魂」と言う。アニマである。そこにキリスト教の「大切」が入ってきた。「大切」とは、愛という訳語ができる前に使われていた訳語で、愛より大切の方が、もとの意味を強く切実に表している。『春の城』には「大切」という言葉が繰り返し書かれている。たとえば四郎が六助という貧しい百姓のことを語りながら、「小おまい畠をば、えらい大切にしとるぞのう」と言う場面がある。貧しくとも丁寧に大切に生きる者こそ、四郎があこがれてやまない人なのだ。

四郎は「もだえ神」であった。四郎がもう一人の母親のように思っている長崎の「おなみ」は、天草出身のもと遊女であった。その生まれ育った地域を聞いたとき、そこを目にしたことのある四郎はひどく辛い気持ちで「非情な風景」だと感じる。「あのような村に暮らす者たちの祈りは、切ないものでござりまする」とおなみは言う。四郎は、「崖っぷちの村で幸い薄く生きながら、海の彼方の異国の寺をまぼろしに視《み》て、こがれ死にする一生があるのだ」と思う。

おなみ、六助、孤児のすず、国を追われた混血児たちなど、哀しみは貧しさや苛政にのみ由来するのではなく、差別や排除のなかにもあり、「まことの信仰とは、人びとの生ま身の場にあるものでござりましょう」「これからは人の世の心の仕組みを、書物ではなく、じかに読み解いてゆきたく存じまする」と思い至る。島原・天草一揆の原因は重税にあるかも知れないが、そこに天草の「もだえてなりとも」と切支丹の「大切」が重なることによって深まった魂があってこそ、アニマの国をめざす戦いに収斂《しゅうれん》していったのであろう。天草は、石牟礼道子の母、ハルノさんの生まれ故郷である。ハルノさんの両親の吉田松太郎とモカは、天草郡下浦村（現天草市）で生きてきた人たちだ。天草とは日本にとって何か？　石牟礼道子は水俣病と向き合いながら、自らの魂の源泉としての天草を見つめる必要があったのであろう。

ところで、一揆はもともと「一味神水」をおこなう。神に捧《ささ》げた水をまわしながら、神の力によって一揆を結んだのだ。経済的な理由だけではなく、人が人として生きる誇りを傷つけられたとき、神の前で一揆は成り立った。その神が仏陀《ぶつだ》であろうとデウスであろうと一揆は可能になる。違いがあるとすると、切支丹信仰の中には、犠牲としてのキリストがおり、それを知りながら最後に子供を自分の腕の中で見取らねばならないマリアがいることであろう。

『春の城』では、四郎がキリストに見える。島原・天草一揆を物語化した『天草騒動』は、四郎が「二歳より言語よく分かり、三歳にて書をしたため……学問剣道を好み……一を聞て十を知り……折々奇術を行ひける」と書いている。「下に白無垢上に紫綸子《りんず》を着、紋紗《もんしや》の長上下を穿《うが》ち、金造りの差副《さしぞ》えを横たえ……色白く、眉秀で威有《あり》て猛《たけ》からず、実に義経とも云べき容体なり」という記述は、四郎を義経に見立てることで理解しようとする江戸時代の考えが見える。呪文を唱えると鳩《はと》が卵を産み、その中に天主像と巻物が入っている。人を思うがままにし、病人は正気になった、という聖書に書かれているキリストの奇跡のような伝承もあった。しかし『春の城』に出現したのは、「もだえ神」としてのキリストである。奇跡に見えたのは唐人から教わった奇術だ。四郎はあくまでも日本人である。しかしそれでも、強く印象に残るシーンがある。それは四郎の最期の場面だ。おなみに抱かれて死ぬ四郎は、マリアがキリストの遺体を抱く「ピエタ」そのものなのである。ローマのバチカンに納められているミケランジェロのピエタは、「哀しみ」を個人の次元から人類の次元にまで高めた作品だが、それ以外にも数々のピエタがあり、それらは哀しみの集積として西欧文化の中に蓄積されている。

江戸時代には「見立て」と「やつし」という方法がある。四郎はキリストのやつしであり、四郎はキリストに見立てられている。そして今、水俣事件を通して私は、石牟礼道子が四郎に見える。天草の「もだえ神」として、多くの哀しみをみとり、その腕に抱くようにして患者たちを書き留めてきた。チッソ本社座り込みのときに石牟礼道子は、島原・天草一揆について、「乱を起こした人たちと私はつながっている」と感じたという。近世においては家と身分と禄を守るために、近代においては企業と自治体と国家を守るために、多くの個人がおとしめられる。市民としての個人は、つながり、闘い、訴えることによってしか、自らを救えないことがある。『春の城』は、時空を超えた普遍の物語である。私たちが市民としての個を救い合うための拠点、すなわち「春の城」はどこにあるのか? そのとき、私たちが掬《すく》い取るのは限りのない経済的満足なのではなく、アニマ(魂)の深さであることを「忘れないでほしい」と、石牟礼道子さんは、おっしゃるに違いない。

道子は天草四郎の「やつし」

天草四郎は、いのちを賭して切支丹弾圧に抗して闘った、島原・天草一揆の英雄として広く知られている。しかし、再録した解説でも書いたように、石牟礼道子は彼を弾圧された切支丹の先頭に立って闘った英雄としてではなく、虐げられた人々の哀しみ、憤りに寄り添う「もだえ神」として描いた。四郎がキリストのやつしなら、『苦海浄土』における石牟礼道子は、四郎のやつしともいえる。水俣闘争に生涯を賭した道子は、「もだえ神」そのものであったからだ。

自分が四郎のやつしであると道子が意識していたかどうか。それについては、私との対談で道子は四郎について、こんなことを語っている。

「四郎のお母さんは、早くに幕府軍の捕虜になるんです。それで四郎には乳母がいるのですが、乳母は四郎をかわいがりました。四郎は一度泣きはじめたらなかなか泣きやまない赤子で、そのことを乳母は『よっぽど、人間の哀しみを泣いているのだろう』と思うわけです。乳母は四郎をそう思いながら育てた。この世では、どういう御位《みくらい》のお人になられるじゃろうかと、恐れ謹んで育てたんです」（『毒死列島　身悶えしつつ―追悼　石牟礼道子』）

米本氏の石牟礼道子の評伝に、道子が赤ん坊のころの同じようなエピソードが語られている。

赤ちゃんのときから泣き出したら止まらない。火がついたように泣く。泣きやまない。最後にはひきつけを起こす。ほんとにどういう子じゃろうかと思うとりました。（ハルノ談）

こうした話はハルノが道子本人にも語っているはずである。とすれば道子本人も、島原・天草一揆の史実や益田四郎（天草四郎）のことを調べるうちに、自分と重なるこうした符牒《ふちょう》は気にとめたかもしれない。そして、原城に立てこもる四郎と、チッソ本社に立てこもる自分の姿を重ね合わせたかもしれない。

だとしても、『春の城』に登場する道子の描いた四郎は、神格化され、みんなに崇拝される存在としてではなく、むしろそうされることを望まない、揺れる心情を抱えた生身の人間であった。そんな四郎の心の内を描写した印象的なシーンがある。

敷居をまたいで内へ入ると、おうめが両腕をひろげてゆっくりと近寄り、

「生きてまた逢いやしたなあ。南無阿弥陀仏《なむあみだぶつ》」

と言って、ぶ厚い手で四郎の背中を抱きとるように叩《たた》いてくれた。目が合った。胸の中の凝りがすべて溶け去るような眸《ひとみ》の色であった。

――このひとは自分を天人扱いしないでくれる。

四郎はこのところ味わったことのない安堵感《あんどかん》に包まれて、しばらく佇立《ちょりつ》していた。

（『完本　春の城』）

切支丹の四郎に、「南無阿弥陀仏」といって無事の再会を喜んでくれるおうめに、深い安堵を覚える四郎。この描写だけとっても、誰がどんな信仰を持っているか、あるいは持っていないか、道子はさして重要には考えていないことがわかる。それぞれがどんな信仰、生き方をしていたにせよ、生身の人間同士が情を持って触れ合うことこそが、魂の慰めになるのだと道子は言外に言っているのである。「天人さま」と人々に崇《あが》められる四郎もまた弱さを抱える人間であった。まだ少年である。その弱さを抱きとるように、おうめに背中を叩いてもらい、四郎の張り詰めた緊張がゆっくり溶けていく。

おうめは文字が読めない。しかし、男に引けを取らない女仕事の達人である。とくに磯《いそ》もの採りにかけては誰もかなわぬ名人で、短時間で見事な牡蠣《かき》やタコを大量に採って、一揆に備えて騒然とする人々の家に届け、その活力をうながした。毒のある野草の調理方法など、「食べごしらえ」の知恵も豊富で、生類に関する鋭い感を持つおうめは、人間の感情にもまた細やかな人間であった。おそらく四郎との出会い頭に、キリストの再来として担ぎ上げられた四郎の葛藤や孤独を、とっさに感じ取ったのかもしれない。

道子は四郎のやつしと書いたが、もだえ神としてチッソの座り込みに加勢していた道子自身もまた、四郎と同じように、不自由な体で抗議を続ける共同体の仲間から活力をもらい、くじけそうになる心を奮い立たせていたのだと思う。

しかし同時に「食べごしらえ」の知恵をもって、周囲の人々に食べ物によって力を与えようとするおうめも、やはり道子自身なのではないだろうか。『食べごしらえ　おままごと』（『全集』第一〇巻）という作品がある。「食べごしらえ」という言葉そのものが、私にはなじみがなく初めて聞く言葉であった。どうやら「料理」という意味らしいのだが、しかし内実が違う。「風味ということ」の中に次のようなくだりがある。

ひと頃、グルメの食べ歩きとやらをテレビや婦人雑誌でやっていて、タレントたちが「おいしい店」で舌つづみを打ってみせるのがはやっていた。お値段を見ると、日々台所をやりくりしている身には、罰当りなことに思われた。そんな高価なものを食べ歩きして、高くさえあればおいしいと感じるのは舌の白痴化ではあるまいか。

畑を持っていないので、自分で野菜を育てることはできないが、若い頃に畑を作っていたことがあるので、いまでも土や野菜のよしあしはよくわかる。

このくだりの前に、東京に行くと衝撃を受けるのは「野菜のおいしくなさ」である、というくだりがある。野菜の味がわからなくなった人々が高い金額を出して「グルメ」になる。道子にはどうにも理解できない。なぜなら道子にとって食べ物とは、自然をいただくことだからだ。『食べごしらえ　おままごと』および「『食べごしらえ　おままごと』をめぐって」の全体にわたって、子供のころに味わった、石臼でひいたばかりの小麦の団子やうどん、自分たちで摘んできた草の浅漬け、竈《かまど》の余熱で焼いたサツマイモ、にが瓜《うり》、山芋、むかご、タラの芽、川エビの話が展開する。「おままごと」の意味は、「食べごしらえは失敗が多いゆえ、わたしにはおままごと、という気がする」という気分がその由来だ。料理の本は料理自慢が出すものだろうが、「食べごしらえ」の本は料理の本ではない。文字を読めないおうめが海のものを自分で獲ってさばいて食べさせ、あるいは毒のある野草を人が食べられるように「こしらえる」のが、「食べごしらえ」である。何をこしらえるのかというと、海のもの、川のもの、山のもの、野のもの、そのすべての自然を、自然の味わいまるごと食べられるようにいささか加工することだ。大事なのは料理技術のよしあしではない。口に入れたものに、どれほど自然の味わいが残っているか、どれほど新鮮か、どれほど自然と一体化できるか、が大切なのである。

私もグルメといわれる人たちが理解できず、テレビカメラの前でものを食べること自体を、信じられない思いで眺めている。町育ちなのでそれほど新鮮なものは食べてこなかったのだと思う。しかしトマトもピーマンもほうれんそうもそしていちごさえ、子供のときに食べていたものと現在のものでは、まったく味と香りが違う。自然で個性的な香りと味に接したときには安堵する。味や香りをなくしてから料理で切り抜け、その技術に高い料金を支払うことを価値あるとすることには、道子と同じくらい奇妙なものを感じているのだ。そこで、私も料理とは言わず、「食べごしらえ」と言うことにしている。

「自分が虫どもに似て来たと思うがのう」

道子の描いた『春の城』には、籠城し死を目前にしても、こうした生身の人間同士が情愛のあるやりとりをかわす場面が随所に描かれている。

オランダ船から撃ち込まれる大砲がとどろく中、一揆に参加した人々は、城跡の地面に穴を掘った穴蔵のような小屋の中で寝食を共にしている。そんな暮らしの中で、仁助（蓮田仁助・親代々の庄屋で信心の厚い切支丹。実直を絵にしたような人柄。村の百姓や漁民の指導者）が、誰にともなくこんなことを語り始める。

「わしはこうまで暇になったことがないゆえ、いろいろ考えよるが、こういう穴倉のような家に寝ておると、自分が虫どもに似て来たと思うがのう」

するとおうめがこう応じる。

「じつはあたいも、左様に思いやす。前世は、虫か魚じゃったろうと思いやす」

「そこじゃて。虫であった頃にはしかし、御明りを拝みよったかのう」

「虫どもは御明かりが好きでござりやす。……百姓は虫けらとおなじじゃと言われて来やしたが、地面の上下にゃあ、虫もいろいろおって、可愛《かわ》ゆうござりやす。信心深か虫もおりやすぞ、きっと」

「うむ。お前の方がわしらより、泥まみれで働いたゆえ、地《じ》の中《だ》におる者のことはよう知っとろう」

「何もかも知っとるわけじゃござせんが、あれたちが昼と夜の区別を知っとるのが感心で」

そこにかよ（仁助の長男大助の嫁。切支丹の蓮田家に嫁いで洗礼名を授かる）も話に入ってくる。

「あれたちは、知らせも持って参りやすぞ。内野に帰っておった頃、枕元であんまり鈴虫が鳴くゆえ、切のうして、大助どのの寄こされた使いじゃと思うて、とうとう戻って来てしもうた」

「まこと、大助さまの使いでありやしたとも。虫だけじゃなか。風も鳥も使いをするが、聴く耳のなかなれば聴えやせん」（おうめ）

「なあ、犬猫も、鳥も蛙《かえる》も、睡《ねむ》る時に目ぇつむるちゅうのが、愛らしゅうてならん。今朝は鳥に、便りをことづけやした。内野の里に」（かよ）

「わしも便りをことづけよるぞ。今朝の夢では、土竜《もぐら》に頼みよった」（仁助）

「土竜にかえ」（美代）

いつ砲弾が飛んできて、身を寄せ合う粗末な穴蔵小屋が吹き飛ばされるやもしれないさなかに、仁助たちは虫や鳥や蛙たちの話をする。そんな小さな生き物たちに、一揆に参加するために里に残してきた家族へのことづけを頼んだという。虫けらや鳥の声も「聴く耳のなかなれば聴えやせん」というおうめの言葉が胸を打つ。現実を言えば、かよも美代（仁助の妻）も、もの言えば狂いそうなほど不安と切なさに慄《おのの》いている。それでも土竜にもことづけを頼んだという仁助の言葉に二人の気持ちが一瞬ほっと和む。なんと情愛に満ちたやさしいやりとりであろうか。

こうした会話の中にも、道子が夢想する共同体の片鱗《へんりん》が垣間《かいま》見《み》える。鳥や土竜に言伝を頼む自分たちもまた虫どもに似てきたという話は、そのまま「共同体というのは、万物が呼吸しあっている世界だと思ってきました」という道子の言葉につながる。

大きなものも小さなものも自然の中にあってはみな同じだという平等感覚——これは権利としての平等とは違う。権利ではなく、生きとし生けるものへの絶対的な肯定感と呼べばいいのか。そこには差別も排除も序列もない。どんなものの魂も等しく同じだという道子の生命観そのものだといっていいであろう。

「大切」を知る人々

幕府軍がそれまでの干し殺し策（兵糧攻め）を捨てて、総攻撃に移る前夜、籠城する人々は、美代が持ってきた小壺の酒と、細川の番船の目をかいくぐって海辺で手に入れたアオサと嫁が笠（陸近くの岩にくっついている一枚貝）で、最後の晩餐を迎える。そのアオサをおうめが指にからめ取り、女たちに語りかける。

「ああ、匂いのよさよ、初物じゃなあ。もう節句潮でござりやすなあ」

女たちは一種せつなげな目の色になって、おうめの指先を見た。

「ほんにもう、節句の潮じゃ」

年に一回来る三月三日の大潮を、この辺りの者たちは、どれほど心をはずませて待つことだろう。常になく沖まで潮が干き、海の豊かさにひきこまれるようにみんな沖までゆく。その潮が崖の下で起き始めているのである。


（『完本　春の城』）


最後のときがすぐそこに近づいていても、一揆に参加した人々は、決して「生活」を手放さない。節句潮の恵みをことほぎ、自分たちが守ってきた海や大地の豊かさを語り合う。

こうしたやりとりは、チッソ抗議の座り込みに参加した道子たちにも重なってくる。暮らし慣れた水俣から何カ月も離れ、「蟻地獄」のような生活の中で、残してきた家族のことを思い、みんなの気持ちを和ませ元気づけるように、季節ごとにめぐってくる故郷の行事や海や山で採れる自然の恵みの有難さに話を咲かせる。そしてそれがまた闘う原動力ともなったのである。

私は『春の城』の解説の中で、キリスト教の「大切」という言葉について書いた。愛という訳語ができる前に使われていた言葉であると。『春の城』に登場する人々は、信仰に関係なくみなこの「大切」の意味を肌で知っている。だからこそ、虫にも草にも海の恵みにも語りかけるのだ。道子の母のハルノさんが「草によろしう言うてくださいませ」と伝言を頼んだ、その「大切」の心が息づいているのである。

「まことの信仰とは、人びとの生ま身の場にあるものでござりましょう」という四郎の言葉にあるように、「大切」を知って生きることこそが本来の信仰の意味であろう。私にはまさに道子が四郎に身をやつして訴えているように聞こえる。

「大切」という言葉は、道子がよく口にする情愛や義というもの、徳義というものにも通じる。石牟礼道子が「徳義」について、近代が失った重要なものの一つとして語っていることは、知られている。道子の夢想する共同体には、欠かせない本質である。

石牟礼道子が対談で語り、それを取り上げて序章にも書いたことだが、「鍛冶屋さんの裏庭に無花果《いちじく》の木が一本あった」話もまた、その「徳義」につながっていた。「いつも色のあせた木綿縞を着て、破れたところには他の布で継ぎ当てをして、そういう粗末な着物を」着ていたこのおばさんは、たしかに、江戸時代の農漁山村の女性たちが持っていた「徳義」を、持ち合わせていたのである。そのとき「徳義」とは、人間が自然の循環を受け容れつつ制御する均衡の美しさそのものではないだろうか。その意味で、『春の城』に登場する人たちは、鍛冶屋のおばさん同様、決して物語的に美化されたものではない、現実に生きていた人間の美しさを放っているのである。

「もう一つのこの世」の始まり

籠城する人々は、城跡に無数の穴蔵を掘って住居にしていたが、その粗末な小屋を「肩寄せ合うて新しゅう出来たわしらが家々」と表現している。「わしらが家」ではなく、「わしらが家々」である。その表現に込められた感覚もまた、道子のイメージする共同体に近いものだろう。

その粗末な家々には、一揆に参加した驚くほど多様な人々が住んでいた。切支丹でないものも大勢おり、切支丹ではないが苛政に恨みを持つ者、信仰を強制された者、仏教徒もいる。年齢もさまざまの老若男女、その中には貧しい百姓や漁師もいれば、代々続いた庄屋もいる。孤児のすずもいれば、元娼婦であった過去を持つおなみのような女性や、浄土真宗の僧侶もいた。まさに原城の中にアナーキーな共同体ともいうべき、多様性の極致が出現していたのである。

しかし、ひとたび城の外に出れば、この世では圧政、苛政が人々を苦しめ、排除や差別の不平等が吹き荒れている。玉砕を覚悟して肩を寄せ合うこの刹那でしか、「新しい共同体」は生きられない。

『春の城』には、「もうひとつのこの世」という表現がたびたび登場する。たとえば、四郎の父・益田甚兵衛が四郎についていうこんな語りがある。

「あれはわしらの子ではあるが、ひょっとすれば、もうひとつの世から遣わされた子かも知れんぞ」

（『完本　春の城』）

それは四郎の語りの中にも出てくる。

「天国はこの世のものではありませぬ。天国に生れ替るは神の計らい。それをおのれの計らいのごとく口にすることはできませぬ。わたくしの思うておりますのは、この世の境界を越えたところに、いまひとつのこの世が在るということでござります」

「されど、この世の境を越ゆるは力業《ちからわざ》でござり申す。その国の門に入らんと願えば」

「この世を越ゆるところに見ゆる今ひとつの世とは、燎原《りょうげん》の火の中からあらわれてしずもる、花野のごときところかと思い申す」（同）

四郎は、父・甚兵衛に、劫火《ごうか》をくぐらなければ、もう一つのこの世には到達できないと切々と話す。この四郎の言葉は、近代を象徴する巨大企業と果てしない闘争を続けてきた道子の魂の声にも聞こえる。

そして、籠城のさなかの漁師の常吉と坊主の西念《さいねん》のこんなやりとりもある。

「なあ、西念さま。この、肩寄せ合うて新しゅう出来たわしらが家々をば、なんと名づけたもんでござしょうか。こりゃあ町でござしょうか」

常吉が感にたえぬように尋ねる。

「とてつもなか人数じゃ。町とも村ともいえるが、もう一つのこの世の、はじまりじゃろうよ」（同）

これほどまで多様な人々が、肩寄せ合って平等に暮らすなど、もう一つのこの世でなければありえないことだと、道子はこの西念という坊主にはっきりと言わせている。つまり、道子の夢想する「新しい共同体」は、不平等のはびこる現実世界では成り立ちはしないだろうということである。それほどに人間の煩悩は深く、闇を抱えているということをすでに道子は知っているのである。

では、この世には絶望しかないのであろうか。そうではない。もしそうならば、原の城の人々は立ち上がらなかったろうし、道子の水俣闘争もなかったはずだ。むろん、絶望の中にはもだえ神もいない。理不尽に自分たちの生活を搾取するものに対して、否を突きつけ続ける抵抗の中にこそ、刹那の解放と希望がある。それがたとえ無残に打ち砕かれたとしても、魂の自由を希求する人々は、時空を超えて何度でも立ち上がってくる。

『春の城』には、『アニマの鳥』という、道子の考えたもう一つのタイトル（原題）がある。鶴見和子との対談で、アニマとはなにかと聞かれて道子はこんなふうに答えている。

アニマねぇ、なんでしょうねぇ。永遠なるものですね。不滅、死なない。ある時は死んだ形をしていても、あるいは死ななければ復活しないみたいなもの、非常に簡単にいえば。たびたび死ぬからこそ蘇《よみがえ》って、永遠なるものになってゆくのだと、書きながらずっと思っていました。そして人間だけでなくて、生命たちの魂というのは、そういう意味で本質的に自由というか、自由ということはあとから私たちはくっつけますけれども、自由という言葉以前にもっと本質的に自由なものである。だれにも束縛されない、一番理想的な宇宙と共にあるもの、宇宙の生命と一体になっているもの。言葉にすれば、魂という言葉を共通の言葉としていいますけれども、もっとそれ以前に、存在そのものから、いつでもどこへでも飛翔することができる。（同）

石牟礼道子は三万七〇〇〇という人々が玉砕していく物語を書きながら、死んでも死なない深い魂をそこに見ていた。親しかった仲間が水銀毒で苦しみ次々にいのちを落としていっても、道子はそこにやはり死んでも死なない魂を見ていたのだろうと思う。

死なない魂は、時空を超えて何度でも甦ってくる。深い魂を持つ者だけがその姿をとらえることができる。石牟礼道子の創作した新作能『不知火《しらぬい》』には、海底から甦ったたくさんの魂が、唄い、舞う。その中には「みはなだ色」の衣をまとった四郎も登場する。道子が思いを寄せる再生する魂については、第四章であらためて語りたい。

近代における共同体の喪失

島原・天草一揆で夢想されたアナーキーな共同体には、道子が追い求める人間世界の共同体のイメージがそこかしこに投影されている。

日本の共同体は、農村に見るように、昔から生産現場、生産共同体として成立していた。いわば、人々が生きていくための共同体である。その生産現場では村中が協力し合う。農村がなぜ一致団結するのかといえば、非常に短い間に田植えも稲刈りも済まさねばならないからである。自然は待ってくれない。そのために、一つの家だけでは手に余る作業も、みんなで一気にやってしまう。

白土《しらと》三平の名作劇画『カムイ伝』にも、みんなでいっせいに田植えや稲刈りに取り掛かる様子が繰り返し出てくる。水路の確保、水の配分も大問題なので、みなで話し合い、確保した水路の掃除も、みなで共におこなう。その様子は活気があって、逞《たくま》しい生命力が漲《みなぎ》っている。

この『カムイ伝』を通して江戸の社会構造の根源を読み解こうと、私は大学の講義で『カムイ伝』の膨大なシーンを使った。『カムイ伝』に描かれた綿花栽培、作物の収穫、新しい農業技術の出現、水の管理、木の伐採と山林の管理、狩猟、炭焼き、各地における漁業、年貢納付、藩の専売制、皮革生産、寺子屋の誕生、そしてスパイ活動などを取り上げ、江戸時代の人々の日常生活を、その価値観とともに講義したのである。むろん『カムイ伝』の柱は、武士、農民、被差別民の三人の少年であり、江戸時代の身分制社会の過酷さを描いた劇画である。しかしそこには共同体とはなにか、という階級論を超えた根本的で人間的なテーマも潜んでいた。共同体は、それが高度機能社会である場合は管理が柱となる。管理するためにはヒエラルキーが必要で、当然差別構造がある。しかし一方、共同体には「大切」も「徳義」もあり、その根元に「もだえ神」としての人間がいる。

「個人」はむしろ管理に都合がよい。序章の「近現代の世界」の図（二五ページ）で示したように、個人は分断と競争によって管理され、競争に勝つことがあたかも自分自身の願望であるかのように思わされ、それがために懸命に働く。あるいは下に位置する者の尊厳を無視して働かせる。道子が苦しんでいた「家」という制度は、この、高度に管理された社会が帯びることになった共同体の一つの側面なのである。しかし同時に共同体には、競争や上下関係ではなくあらゆる生命に対する共感を軸にした豊かな世界があり、その共感能力つまり「もだえ神」の力は、人類がもともと共同体を作ってきた過程で生まれ育ってきたものであった。『カムイ伝』は江戸時代社会を階級社会ととらえて作られている劇画だが、しかし生命に鋭敏な白土三平は図らずも、自然を軸として循環している共同体の共感能力をも、随所で表現したのだった。それが「カムイ（神）」の意味である。

そのような世界を『カムイ伝』から導き出しながら、私は講義そのものを『カムイ伝講義』（小学館、のちちくま文庫）として本にした。そこでは江戸時代にとどまらず、農民、漁師、マタギ、綿花や蚕を自らの手で育てる人々がどのような共同体を作り、どのような生活を営んでいたか、さまざまに想像をめぐらせた。生産現場としての共同体には、生きていくための、人々の山・川・草・木への共感と知恵が積み重ねられている。籠城前の『春の城』の人々もまた、そうした生産共同体を営んでいたのである。

一つの単位を小さく保ったまま数を増やす。それが前近代的共同体の基本でもある。近代に入ってからのような大規模化、大組織化は原則としてしない。一つの単位は必ず小さく保っておく。その小さな単位が無数にできても構わない。たとえば江戸時代にあった、連、社、会、組、座、集といった、家や本業以外で同好の趣味を分かち合う共同体もまたその各地域に小さな単位で、無数に繰り広げられていた。それは人々が本業や、そこに結びつけられた自分の名前から解放され、別の自分を生きるために必要な空間であり、共同体であった。

農業の場合は、日本は山間地域が多く、おのずと一つの単位が小さく狭くなった。また小さな単位の方が自然の循環に合わせて柔軟に対処もできた。日本の農業は、江戸時代に新潟や秋田などに見られるように山間地から降りて平野を開墾し、湖などの埋め立てもして盛んに新田開発をおこない、広い田作りをするようになった。それでもやはり経営は、家族経営であった。それぞれの家族が持っている範囲があり、田植えや収穫は昔ながらに一時期に助け合いながら短い時間でおこなった。

こうした構造を持つ生産現場の名残はいまでも日本には至る所にある。しかし主要産業が工場による生産となり、組織化され、共同体は失われた。前近代的なものの喪失は、よくも悪くも共同体の喪失でもあった。道子を苦しめた「家」も共同体の一部である。しかし同時に、道子が夢想した「家でないもの＝別世」の中で差別から解放され、つながりあう共同体もまたもう一つの共同体の姿であり、近代における共同体の弱体化と喪失は、その両方の消滅を意味したのである。

劇作家の高橋玄洋の「失われた『道』の豊かさ」という新聞に掲載された文章に感応して、道子はかつてこんな文章を書いている。その文章には「蟻の大地」というタイトルがつけられている。

現今の道路は人がゆき来して出逢ったりするところではなくなった。「物の移動に人が使われている気がしてくる」とこの方はおっしゃる。むかしは、「路地を挟んで隣や向かいの家があり、味噌《みそ》や醤油《しょうゆ》が行き交い、物と共に挨拶や人情も行き交っ」ていたと。一行一行うなずけることばかりだった。

（『全集』第一二巻）

玄洋氏の蟻の列にまつわる話で「蟻は口にくわえて運んだ」という表現に道子は深く感服する。

わたしたちの視線はなんと地面から離れてしまったことだろう。云われてみるとたしかに、蟻の荷物はおおむね口で運ばれている。（中略）

あの長い列の一匹分の労働を思えば、なんと整然とした営みであろうか。蟻はあの小さなからだに見合う小さな口で、自分ないし共同体の食べしろを運び、営々と社会づくりをしているのである。

蟻の顎にどのくらい物を運ぶ力があるのか。彼らに物を運ぶよろこびがあるらしいことは、新しい拾得物に出会ったとき、嬉々《きき》として仲間に知らせあう様子や、たちまち運搬の行列が出来上るのを見てもわかる。

商品経済など、ここにははいりこみようもないが、食べること働くことの原型が、なんともいじらしい甲斐甲斐しさで続いているのである。人間の世界、とくに昨今の日本経済でいうところの「物流」とは、そもそもなにかとあらためて考えたことだった。

蟻が歩むのは大地である。大地を歩むというのは人間にとっても、ものを視る、ものに出会う、ものを感じる、最初の声が出る、言霊が生まれ出る促しの場であった。（同）

つまり、近代に入って、「食べること働くことの原型」でもある共同体が失われるとともに、人々は出会いを失い、付き合いや会話の中にあった言霊をも失ってしまったと、道子は嘆息したのであった。

「夢に見るとは、天底のことばかり」

失われた共同体を描いたものとしてすぐ私の中で思い浮かぶのは、石牟礼道子の『天湖』という作品だ。ダムの底に沈んだ村の物語である。田畑を耕し共同体を営んでいた村がまるまる一つ湖底に沈んだのである。その村の名を「天底村《あまぞこ》」という。

保証金の話し合いや村人たちの引っ越しも終えて、ダムの水入れが始まったとき、村人たちはそろって自分たちの村が水没していく様を見届けた。長い年月が経っても、そのときの無念を、おしず婆《ばあ》さまは憤りを持ってこう語る。

水没したとき、犬神さまの祠《ほこら》だけでなく、沖の宮も、家々の井戸も、きちんと祀りごともせずに、それまでのいわれも、うやむやにして、ただ水を入れさえすればよかちゅうふうじゃった。みみずにしろ、鳥の巣にしろ、家持っとる者たちがどれほどおったか。鳥も蝶《ちょう》も降りてきて舞い狂うて、ただごととは思えん有様じゃった。

（『全集』第一二巻）

おしず婆さまは、ダムは自分たち人間の家ばかりでなく、鳥や蝶などそこに暮らしていた生き物たちの家々をみんな奪ってしまったと嘆く。

水入れはじめて、草助さん方のげんげ畑が沈んでしまう頃、草の下からどれほど沢山の青虫やおけらが湧き上って来たか。あらあらあらちゅうて、皆して見たろがな。水の上いっぱい、浮き上って来て胸のつまった。あの景色、今も忘れん。なあ、田ぁ作っていた頃

は、きちんと虫の供養もしとったのに。（同）

天底村の墓地の高台には、精霊《しょうろう》万霊供養という石塔があり、虫や鳥だけでなく、目には見えない者たちの霊に、村を守ってくださいとご先祖たちが建てたのだと、おしず婆さまは力説する。物語に出てくるその石塔は、道子自身が実際に目にしたものである。

天底村のモデルになったのは、熊本県の人吉地方にある市房《いちふさ》ダムで、このダムの底には「古屋敷という村」が沈んでいた。あるとき、日照りでどんどんダムが干上がっていると、テレビのニュースが伝えた。それを聞いて、無性に心が騒ぎ、道子は水の引いてしまったダムの底を見に行ったのだという。

水の引いてしまったダムの底を何と形容すればよかろうか。閉じこめられた村の瘴気《しょうき》が、泡立ちながらのぼってくる、というように見えた。（「石の中の蓮」、『全集』第一二巻）

そのなんとも凄《すさ》まじい、空《むな》しい景色に道子は衝撃を受け、「思わず南無阿弥陀仏と唱えてしまった」とある。「元の住み家がごぼごぼの沼」となり、その泥土の世界に墓石が覗《のぞ》いている。

三十数年間ダムの底に眠っていた墓石には、どれも蓮《はす》の花が一輪刻み込まれている。赤ん坊の墓碑もある。ああ、この死者たちに招き寄せられたのかと道子は思う。その泥土の墓地の中に、道子は村人たちが建てた「草木虫魚万霊供養塔」を見つけたのである。

人間の墓と少しもちがわない。花もちゃんとつけてもらって、人間たちのものと一緒にダムの澱《おり》をかぶっている。

供養の塔と刻むからには建立の日には、村民たちが集まったはずである。供えものは何であったろうか。どんな物腰をした村人であったろうか。

そくそくと胸せまる情景で、思い返すだにまぶたが熱くなる。

（同）

『天湖』の物語の中では、水底に沈んでしまった自分たちの村の様子を見に、たびたび元の住人たちが訪れる。元の村人たちが集まって話すことといえば、天底村の忘れ得ぬ思い出ばかり。そのうちに沈められた村は神話となり、まるで『春の城』の切支丹の人々が焦がれるパライゾのような存在になっていく。夢か現《うつつ》か、夢の中の天底村は絵のように美しく、人柱となって切られた桜の木は、夢幻の水中花となって水底に咲き誇る。やがて、村人たちは「夢に見るとは、天底のことばかり」と、天底村に魅入られたように、心が現から離れてゆく。

現実にあった村がこのような桃源郷であったはずはない。生身の人間が作る共同体には、欲得も計算もあって、性根のよくない人間もいることだろう。

では、天底村の人々は、ただ水底に沈んだ自分たちの村を美化し理想化して、自己満足をしているだけなのか。そうではないだろう。実際の村がどんなものか、道子は百も承知である。道子の想いは、天底村の住人であった、おひなの言葉に託されているように思えてならない。


ダムの出来る前から考えとったけど、天底という村の名は、とても大切じゃと思う。ここは天の底じゃった。底というのは何じゃろか。底というのは、この世の基本ちゅうか、まだ出来上らんものの、さまざまあるところじゃと思います。出来そこないのわたしも居ってよかところで、この世の元が託された天の底とは、ほんによか名ぁじゃ。（『天湖』）

おひなのいう「この世の基本のあるところ」とは、どんなところだろうか。道子が水上村の市房ダムの水底で目撃した「草木虫魚万霊供養塔」のように、鳥や虫たちと同じ目線で暮らせる世界のことではないのか。道子の夢想する「万物が呼吸しあっている世界」である。『春の城』で究極の多様性を出現させた人々のように、この天底村の人々もまた「もう一つのこの世」を追い求めているのである。

道子の作品には、「もう一つのこの世」を彷彿《ほうふつ》とさせる村が多く登場する。『おえん遊行』（『全集』第八巻）もその一つだろう。おえんは「頭のおかしな女乞食」であるが、目には見えない「にゃあま」をいつも懐に入れていて、島の子供たちから「にゃあまさま」「おえんしゃま」と呼ばれて慕われている。竜王島に住む村人たちもこの乞食女を受け容れて情けを持って接している。『天湖』のおひなが言うように、この村も「出来そこないのわたしも居ってよかところ」であった。

ところが、あるとき事件が起きる。役人が村人におこなう切支丹の踏み絵のさなかに、あろうことかおえんがその踏み絵を胸に抱いて歌い踊りだしたのである。役人の逆鱗《げきりん》に触れたおえんは縄を打たれ、牢《ろう》につながれてしまう。やがておえんは、村の狭い掘っ立て小屋の仮牢に移されるが、当の本人は無邪気に笑っているばかり。日に日に衰弱するおえんに、島の子供らが「にゃあまは達者か」と磯で採った栄螺《さざえ》を小屋に届ける姿がいじらしい。竜神様の祭りの夜におえんを牢から解放するのは、なかば正気を失った庄屋である。アコウの巨木の下でもだえ神の老婆たちが祈りを上げる中、狂った庄屋の放った火で島が燃え上がる。おえんと庄屋の乗った舟も火焔《かえん》に包まれる。火焔の向こうに、おえんの歌う声が響き渡る。その情景は『春の城』の炎上シーンに似て、鬼気迫るも美しく切ない。

こうして作品ごとにかたちを変えて、石牟礼道子の「もう一つのこの世」は、何度でも私たちの前に差し出される。

前近代的な村々が作品に多く登場するからといって、決して道子は前近代的な社会を賛美しているわけではない。道子自身が、前近代的な差別や排除に苦しめられた人なのであるから。ものごとには常に両面性があり、そのデュアルな世界の中で、人間もまた幾重にも引き裂かれて、悩み、葛藤する。それを前提としても、水俣を経験した道子にとって、近代社会のもたらした喪失感は、大きいものであったに違いない。

近代的な自我の確立という御旗のもとに、現代人はアイデンティティーというものと個であることの証明の中に存在し続けることを求められる。そしてその証明は幻想に過ぎない。かつてジョージ・オーウェルが『1984年』で描いたように、姿の見えないビッグブラザーによって、個など簡単に吹き飛ばされてしまう。オーウェルが予見したように、私たちはいま、巨大な監視システムの中で生きている。マイナンバーカードで私たちは管理され、アイデンティティーは社会的信用という名前で点数がつけられる。まさに数字の世界で、点数が高い方が勝ち上がる。点数による差別や排除、分断も大きく進んだように見える。
そんな世界が、数字の苦手な道子さんにとって居心地のよかろうはずがない。

第三章

もだえ神

1968年　写真提供＝朝日新聞社／ユニフォトプレス

悶えてなりとも加勢《かせ》せんば

石牟礼道子は、水俣闘争における「もだえ神」であった。『春の城』では、もだえ神・天草四郎に身をやつして、乱を起こした人々に寄り添い、もう一つの『苦海浄土』を描き切った。道子の作品を語るとき、必ずやその背景に立ちあらわれる「もだえ神」とは、いったいなんであろうか。ここでは道子の持つもだえ神的特質について、考えてみたい。

第一章で触れた私との対談で、「悶えてなりとも加勢せんば」ということについて、道子は次のように語っている。

田中 水俣病には、人間の前に猫たちが罹患《りかん》したと言われていますが、もしかしたら狐《きつね》や狸《たぬき》も。

石牟礼 はい。狐も狸も鳥たちも死にました。貝もたくさん死にました。アサリや蛤《はまぐり》といった二枚貝は、口を開けて死んでいました。口を開けているので海辺に異臭が漂うのです。

田中 猫だと身近で死んでいるのが分かりますが、狐や狸も死骸があったりするのですか。

1971年12月　東京、チッソ本社内で血書を求めるチッソ水俣病患者連盟委員長の川本輝夫（中央）。奥に石牟礼　撮影＝宮本成美

石牟礼　はい、死骸がありました。蛇も死んでいたそうですが、蛇は何を食べていたんでしょうかね、海辺で。

患者さんたちが声をあげてから一八年間も放置されました。東京のチッソ本社に行って、社長さんや偉い人たちにお願いしたいと言い続けてきました。抗議にいく、という風には言わずに、お願いにいくと言うんです。チッソにも、偉い人がおんなさるはず、おんなさらんはずがなかと。

水俣の人にとって偉い人というのは、それを遠く遡ると、山学校組だったり灯台組の海学校組だったりした子たちで、成人して村の柱になっていく人たち、その人たちなんです。学校秀才たちは村を、町を出て行くんです。

東京に出て、某《なにがし》かの企業に勤めて、それが出世なんだと。「出世」の概念が一〇〇年くらい前よりは違ってきてしまいました。

「水俣病を告発する会」が発足した時、高校の先生をしていた方が、「義によって助太刀いたす」とおっしゃいました。恰好《かっこう》いいですよね。今は、義ということが分からなくなっている。

今はヤクザ言葉になってしまいましたが、「仁義」という、かつてあった言葉も、日常の世界から失われていきました。「信用貸し」という言葉もありました。借用証書を書いてお金を貸すとはみみっちいではないかと。人を疑《うたご》うてはならぬと。わが家では信用貸しということが、まかり通っていたわけです。結局、お金が返ってこないこともありましたそうで。

なんと言いますか、言葉のレベルが人情を表していたように思います。それがなくなってきた。その裏には、国の経済政策がありました。近代一〇〇年は、子どもをどんな風に教育してきたんでしょうね。

田中　石牟礼さんのご自宅では、猫にも説教をしたように、人としてどういう風に生きて……猫に人としてというのも変だけれど。

石牟礼　ははは（笑）。

田中　お前はこういうところが駄目なんだと、きちんと言い聞かせる。そういうものを持っていたということですよね。義とは何か、仁とは何か、徳とは何かと。勉強したわけではなく、たぶん代々、親から子へと伝わっていた。

石牟礼　お年寄りや、徳の高い人が理想だったんですね。

田中　集落の中でも「あの人は徳の高い人だ」っていう人はいましたか。

石牟礼　計算をしないで人に尽くす人がいましたね。何か事件が起こると、何はともあれ見舞いにいく。ある家に怪我人《けがにん》が出たり病人が出たりすると、我が事のように。

田中　かけつける。

石牟礼　かけつける。でも何もしてあげることができないで、ためになることをしようにも、そのやり方が分からん。心配して立っているんだけれども、何もできないんです。

それでも「悶えてなりと加勢する」と。悲嘆に暮れるようなことがある家があると、真っ先にかけつけるんです。でも、チッソはかけつけてきてくれなかった。

田中　それが一番の問題だと思うんです。お金の問題よりも。

石牟礼　そうです。チッソの人たちは、患者さんと会ったらお金をふっかけられるんじゃないかと、露骨に用心するんです。「悶えてなりと加勢する」というのが、何もありませんでした。

田中　何かをしてくれたか、ではないのですね。親身になって心配してくれたのかと。

「悶えて」っていい言葉ですね。

石牟礼　はい。悶えているんです。

田中　悶え神というのはそういう気持ちをもった神様がいて、人間の中にもいるはずだと。石牟礼さんは悶え神そのものだと思います。

石牟礼　いえ、患者さんたちには何の役にもたちませんでした。

落語で馴染《なじ》みの「されく」人たち

田中　悶えるっていうのは相手のことを想像したり、相手の立場に立ったりすると、相手が乗り移ってくる。石牟礼さんは、そういう書き方もしていらしたと思います。頭で想像するだけでなく、乗り移ってくる。

石牟礼　瞬間的に悶えている。

田中　考えてそうするわけではないのですね。

石牟礼　はい。

田中　やはりそうですか。

石牟礼　でも、患者さんたちに対しては、悶えるしか能がありませんでした。

高漂浪《たかざれき》とか、遠漂浪《とおざれき》という言葉がありますが。普段は世のためにも家のためにもならないけれど、魂がどこか遠くへ行ってしまっている人、高いところへ行ってしまっている人のことを心配して「されく」と言います。

田中　私もその「されく」という言葉の意味がよく分からなかったのです。「漂浪」と書いて「されく」と読ませていますね。

石牟礼　はい。

田中　それは水俣の言葉ですか。

石牟礼　はい、熊本にもありますが。「されく」とか「さるく」とか。古語かもしれません。上古の言葉が転化してそうなったのでしょうか。

田中　どこか目的があって、そこに行ってこようという意味ではなく、漂浪する、移動し続けるという意味なんですか。

石牟礼　魂が抜け出す。

田中　魂が。

石牟礼　魂が抜けて、その魂に連れられてふらふらと。帰り道をうち忘れとるって。

田中　そうかあ、面白いですね。ということは現実にそういうことが、そういう人がいるとい

いるのか。

石牟礼　いるんですね。魂がどこかに行ってしまっている人が。この私も、どこに魂が行っているのか。

田中　落語の中には、そういう人がたくさん出てきますよ。

石牟礼　でしょう。私は落語の言葉に出てくる「くまさん」「はっつぁん」が大好きなんです。

田中　あの人たちは慌て者だったり。それから……。

石牟礼　そそっかしかったり。

田中　はい、本当にそそっかしくて、ぼやっとしていて、何もできそうもなかったりするのに、世間はちゃんと彼らを受け入れるんです。

石牟礼　そうですね。

田中　与太郎とか。

石牟礼　与太郎という名前はそれっぽいですね。

田中　それなら何かやらせて稼がせようと。おまえ飴《あめ》でも売ってこいとか、棒手振《ぼてふ》りの仕事を与えたりして。それが結構上手《うま》くいったり失敗したりするのですが、そういう風に何か登場人物がみんな、その「されく」ですよ（笑）。

石牟礼　はいはい、落語の中には「されく」人がたくさん出てくると思います。

田中　さきほどおっしゃった、一瞬相手の身になってしまうお話で思い出したのが、「文七元結《ぶんしちもっとい》」という落語です。

娘が家出をして吉原に身売りにいくんです。お金を稼ぐために。なぜかというと親父《おやじ》さんが、良い大工なのだけれど、賭け事好きなんです。家がどうにもならなくなって娘は家出する。親父さんはそれに気がついて吉原に追いかけていくんです。

女将さんに会って、なんとか娘を返してもらえないだろうかと頼むんですが、女将さんは「あなたがちゃんと働かないと娘さんは返ってこない。娘さんはここに預かる。店には出さない。お金を貸してあげるから、質に入れた道具箱を出してきて働きなさい」と言って、お金を五〇両貸すんです。この五〇両は、親父さんが質屋から道具箱を出すためのお金なんです。

親父さんがこのお金を持って家に帰ろうとしたら、橋の上に誰かがいる。知らない青年なのだけれど、川に飛び込もうとしている。それで思わずかけよって、お前何をする気だと、欄干から引きずり降ろして、訳を話せと。

その青年が言うには、お客さんのところへお勘定をとりに行ったのだけれど、そのお金を落としてしまったらしい。このままじゃ店に帰れない、だから死ぬんだと。青年は何度も何度も欄干に登って飛び降りようとするのです。

それを親父さんは何度も引きずり降ろそうとするのですが、ついに、大事な五〇両を押しつけてその場を去っちゃう、という話なんです。

最後はハッピーエンドとなりますが、この落語を聞く度そのシーンに注目していて、落語家さんがここをどうやってやるのかなと思いながら観《み》るんです。

それを観ていてよく分かるのは、親父さんの行動は考えてやることじゃないんですね。自分も困っている状況なのだけれど、娘は生きているし、俺も生きている。でもお前は今死のうとしている。だから助けるしかないんだと。だから大事なお金を押しつけ、名前も言わずに行っちゃう。

人間はどんな状況だったらこういう行動に出るのかなと思うのですが、でも、人間にはそういうところ、ありますよね。

石牟礼　ありますね。ありますとも。

田中　考えて、じゃなくて。うまい落語家さんは、咄嗟《とっさ》にそうする行動をうまく語るんです。そう身体が動いてしまう、ということを。

先ほどの話をうかがって、やっぱりそういうことってあるんだって。人と自分が一体化しちゃうというのでしょうか。

石牟礼　そうですね。一体化する時がありますね。

田中　石牟礼さんはそういうことをたくさん書かれていますから、そういう経験がおありなのだと思います。それが「悶え」なんだと思うんです。江戸は都会なんですが、都会だとか、山や海があるかどうかとは関係がなく、そういう人っていたんだと思うんです。

石牟礼　はい、いたのだと思いますね。

絶望のどん底で初めて知ること

田中　私の育った長屋の暮らしの中にも、そういう人がいました。動物がいなくても、長屋の路地にちょっとした祠《ほこら》があるんです。

石牟礼　はあはあ。

田中　子どもたちがその前を通る時、思わず立ち止まって拝むんです。みんながそうやるから私もやっていました。都会にも「畏れる」という気持ちがありました。そういうことの一つひとつが、いろんなところでなくなっていった。

石牟礼　なくなりましたね。祠もなくなりました。コンクリートの中には、祠を作れないですね。
田中　作れないですね。
石牟礼　海岸に大きなアコウの木があると、その根が途方もなく離れて、陸と海とに別れて。根をはっているんです。根と根のあいだに、祠を入れるのにちょうどよさそうな穴が空いているんです。
田中　そうですか。
石牟礼　そういうところでは必ず龍神様のお祭りをしている。そういう木々が海辺にはありましたが、今は減って参りました。
田中　龍神様なんですね。
石牟礼　飛龍権現様と書いてあったり、えびす様だったり。
田中　海の神様ですね。
石牟礼　漁師さんたちはなぜか、えびす様を信仰していらっしゃいます。えびす様は鯛《たい》を抱いていらっしゃいますね。
田中　水俣の茂道《もどう》で見かけました。
石牟礼　茂道では、遠くない時代にえびす様を作ったようです。

田中　水俣の埋め立て地にある、本願の会が作った石仏もそうですが、手を合わせたくなるものが、生活の中にあるのとないのでは、ずいぶん心の状態が違ってきます。
石牟礼　はい。それで思い出しましたが、木を見たことのない北極の方の民族のことを調べた方がいらしたそうです。その民族が、何かのきっかけで木のあるところへ旅をした時、樹木を生まれて初めて見たんだそうです。見た瞬間、この人たちは思わず手を合わせて拝まれたのだそうです。手を合わせる習慣がない人たちだったそうですが。
田中　本来は、祠だとか神社だとか作らなくても、自然の中にあるものを見て、思わず手を合わせたくなる、そういうことだったのではないでしょうか。
石牟礼　そういうことだったのでしょうね。感動しました。
田中　近代に入って、得たものと失ったものを両方考えてみると、人間が手を合わせたり悶えたりするということ、それを失った一方で、得たものは何なのか、分からないのです。近代のいいところって、何か思いつきますか。
石牟礼　何かありますかね（笑）。
田中　最近考えてしまって（笑）。
石牟礼　私は逆に、絶望が拡《ひろ》がって、若い人たちが何にも希望を持てなくなってしまった時に、初めて祈りはじめるんじゃないかと、そういう若い人が出てくるんじゃないかと期待しております。ごくごく少数になるでしょうけれど。

何にもなくなってしまって、絶望のどん底に落ちた時初めて、祈ることを見たり体験したり、生物たちとの連帯感を感じたりするんじゃないでしょうか。ああ、お前たちもこんな風に生きていたのかと、魚とか虫とか、地を這《は》うもの、空を飛ぶものに、お前たちも俺たちと一緒だねって思う若者が、出てくるんじゃないかと思います。

だから、もうちょっと絶望感が足りないんじゃないかと。

田中　まだ希望にしがみつこうとしている。それはお金で買える希望だと思いこんで。

石牟礼　はい。自分が絶望しなきゃ、人の哀しみは分からないですよね。

田中　他の人の惨状を見て、何かをしなければいけないと思っていたのですが、それより大事なことがその「悶える」だとすれば、まずそれが足りない。堂々と悶えればいいんだと思います。

津波や原発事故も、何かしなければならないという気持ちだけが先走ってしまって、そうなると「復興」に走るんです。ただ復興しても同じことの繰り返しですから、その前に悶えなきゃいけない。

石牟礼　田舎で全国のニュースをテレビで見るとき、東京だか大阪だか都市の姿が映りますね。あれが「復興」のイメージと重なります。都市文明がそのまま卒塔婆《そとば》になっている。どこにも美的なものを感じない。

大地震が起きた時、逃げ道はないのではないのでしょうか。どこへ逃げるのか考える前に、道がない。

田中　どうにもならない。

石牟礼　生き残る人がいたとしても、どういうイメージで都市を「復興」させるのか。手がかりがない。

江戸時代の話をうかがっても思うのですが、個人個人がささやかな、着物の色とか形とか、室町時代の漆器なんかを細川家が持ってる写真を見ると、あんな美しいものを作り出して生活していたのだと。美的快楽というか、本当の快楽を知っていた。人間はそれを体験していましたから。だから、原型としての日本人の感性が滅びてしまってるとは思いません。一度壊れてしまったら、また思い出そうと努めるだろうと。コンクリートじゃない、地面も海岸も海も山も、大きな動物から蟻のような小さな虫まで、万物が呼吸し合っているような世界。

小さい頃、蟻が無花果《いちじく》を抱えていく姿に感動して、膝行しながら付いていったことがありましたが、まあ、今の言葉でいえば連帯感を持ったということでしょうか。

（『毒死列島　身悶えしつつ──追悼　石牟礼道子』）

「漂浪《され》く」道子の魂

道子の言葉によれば、「悶えてなりとも加勢せんば」とは、悲嘆にくれる人を心配してなにを措《お》いても駆けつける。駆けつけるけれども、なにもできないでただ立ち尽くしてもだえているだけ。そのような人の在りようだという。そこにはなんの計算も見返りを求める気持ちもなく、相手の気持ちに乗り移るがごとく「瞬間的に悶える」のだという。

道徳的な意味合いの強い「相手の気持ちになって考える」ということではない。第一、道子は「考えて」はいない。対談の中に「義」や「徳義」という言葉が出てくるが、道子の場合、義や徳義を意識して行動しているわけでもない。いってみれば苦しむ魂の傍らに道子の魂が瞬間的に移動している、成り代わっている。道子にとっての「もだえ」とはそんな現象なのである。

魂が移動するとはどういうことであろうか。対談の中でも、道子は魂がふらふらと抜け出して帰り道を忘れてしまう状態を、熊本の方言にある「漂浪く」という言葉で私に説明してくれた。「高漂浪《たかざれき》」「遠漂浪《とおざれき》」とは、魂が遠くに行ってしまった人のことを言うのだという。

道子は私との対談の最初の方で、こんな話を私にしている。

「(私は) 魂が、しょっちゅう行方不明になるんです。元の自分というのが分からなくて、元の自分に帰りたいのですけれど、元の自分とはどういう自分だろうと思いましてね。いまも魂探しをしているんです。

そうすると、やっぱり古事記以前の、もっと野性的な、名前も持たない、付けてもらえない、そういう人種だろうと思っておりますけれど……それで困っているんです」

道子の魂は、すぐに高漂浪になって、「自分」から抜け出してふらふらと浮遊し始める。道子のこうした傾向は、幼少時代に世話をしたおもかさまの影響もあるのだろう。おもかさまは、もはや帰る「自分」のない高漂浪の人であったが、道子はその強い感応力でおもかさまの深い哀しみを感じ取り、その魂に寄り添っていた。彷徨う魂と過ごすことは道子の日常でもあったのである。

自分は目の前に来た者の内部に入って、成り代わることができると道子は言っている。それは人とは限らない。動物であれ花であれ樹木であれ、魂を持つ生きとし生けるものの中に入って、しゃべらない者たちの声を聞き取る。『苦海浄土』には、水俣病に罹患した患者たちのおめき声や地の底から絞り出すような恨み節が、そこかしこに刻まれている。

しかし、石牟礼道子の『苦海浄土』は、水俣病患者のルポルタージュでも記録文学でもない。なぜなら一人ひとりにインタビューしてそれを聞き取りしたものではないからである。苦しむ人々の中に道子が成り代わって内部に入り込み、本人さえも言葉にできない言葉を聞き取り、その声を受難・受苦の物語に写し取ったのである。正確な記録ではないにもかかわらず、作品を読んで「こんなことを自分は言っていない」という者は誰一人いない。むしろたしかに自分の声だと、誰もが感じたのであろう。

魂が「漂浪き」出て、他者に入り込んで成り代わる。それこそが、道子のもだえ神としての類まれな特質だといっていい。そしてそのもだえ神の特質こそが、石牟礼道子の重層的な文学創造の源泉でもあった。

漂浪き出た道子の魂は、「もう一つのこの世」を求めて、この世という荒れ野をかけめぐる。『苦海浄土』の第二部「神々の村」(『全集』第二巻)では、その道子の魂が疲弊する。水俣病を病むもの、その家族の身内同士での内輪もめが頻発し、密告、中傷、憎悪が、仲間の連帯を少しずつ引き裂いていく。患者同士が反目し合い、「あやつどもはな、ほんなことは、軽かっばい。患者に見しゅうと思うて、あげん風に奇病歩きばするわけぞ。うちの爺《じい》さんのごて、重

1968年　水俣で聞き取りをする石牟礼
写真提供＝朝日新聞社／ユニフォトプレス

か奇病であってみろ！　道のなんの、歩かるるか」と、吐き捨てるように言い、互いに「ニセ患者」だと罵り合う。水俣の市民との軋轢《あつれき》も増して、水俣病患者が生活保護費をもらいすぎるだの、騙《だま》し取っているだのといったこれ見よがしの誹《ひ》謗《ぼう》中傷が跡を絶たない。

人々の中に有機水銀のように蓄積されていく憎悪を前にして、道子は「じぶんが人間であることがうまくゆかない半毀《はんごわ》れのにんげんのまま、ベソのかきようにさえ困って立ちすくんでいる」（同）ほかなかった。そして「心の半分はもうこれ以上毀れぬよう、いつも架空の押入れに隠れていて、その片割れの方が、ろくろ首のようになっておそるおそる世の中を眺めたりしている始末だった」（同）とある。天草四郎を生身の人間として描いたように、道子もまた生身の人間であり、絶望の淵《ふち》にたたずむ場面は幾度となく訪れる。そんな道子の心の声が思わず漏れる。

常の世であればわたしなどは、ひとさまに違和感を与えぬよう、おろおろとおよいでいる首もすっぽり押入れの中にしまいこみ、子猫とでもじゃれあって隠れ寝をたのしみ、年経て押入れがそのまま柩《ひつぎ》になれば、どんなにしあわせであったろうに。水俣病に逢うなどおそろしいことにちがいなかった。（同）

自分が平凡な人生を選んでいれば、幸せであったろうにという道子の弱音である。さらに道子の夢想は、心安らぐうるわしい季節の香りの中に溶け込んでゆく。

春になればその猫が背中につけてくるこごめ桜の花びらなどを嗅ぎながら、ちょっぴり梅酒を盗み呑みに出たり、夏が来れば山のはざまの樹木の高い巣のような家に棲み、今昔物語などに出てくるものの怪《け》たちのところに通って暮らす。それから、木の葉の落ちつくす頃、風とともにひっそりちいさな町に舞いもどって冬を待つのだ。ときどきは節穴の光から外界をのぞき、うつらうつらとまどろむこともある。ねむりこんでしまわないのは、雪の季節の匂いがすぐそこにやってきているからだ。（同）

疲弊し毀れかけた道子の魂は、しばし深い自然の懐に入って「安堵」を得る。そして、いつしか幼いころの自分になって、雪のちらつく深夜の町の辻に漂浪き出ていく描写につながってゆく。おもかさまに逢いにゆくのである。「神々の村」には、道子の魂が現世を離れて、しんけい殿《どん》と呼ばれていた祖母の亡魂に逢いにゆく様子が、実際にあったことのように鮮明に、細やかに語られている。

雪の辻には、おもかさまが「白毛をかきあげながら優しくしわぶいている」。おもかさまだけでなく、天女のようにひらひらと布切れをたなびかせた「ポンポンチャカ殿」や、懐にあたたかい犬の子を何匹も入れ歩いているしあわせな顔の「犬《いん》の子節ちゃん」「自動車しんけい殿」「六しゃん」「末広楼の十七娘のいんばい、ぽんた」もいる。道子が幼いころ好きだった人たちが、雪の辻に立ちあらわれて談笑している。みなすでにこの世を去った人たちばかりである。死者である彼らもまた道子にとっては「自然」の一部であり、疲弊した魂を慰め滋養を与えてくれる存在であった。闘争する道子にとって、しばし羽を休める場所は、魂だけになったおもかさまたちが集うこうした世界であった。

道子の魂がたびたび抜け出すのは、災厄の渦中にある人々に寄り添うと同時に、自分の魂が毀れぬよう、緊急避難の意味もあったのではないかと思う。

こうしてさまざまな境界を行き来する道子の魂は、ともすると迷子になって帰る場所を見失いそうになる。そこで帰る場所である元の自分とはいったいなにかと、道子は煩悶し、老齢に至ってもなお困り果てるのだという。

「いまも魂探しをしているんです」と穏やかな笑みを浮かべて道子は私に言った。その言葉の背後に茫漠《ぼうばく》と広がる宇宙を感じて、孤高の文学者への畏怖に近い気持ちを感じたことをいまも私は覚えている。

遊行の民として

しょっちゅう魂が漂浪いて行方不明になるという、道子の魂の在りようを考えると、石牟礼道子という人は、「遊行民」として在りたかったのではあるまいか。江戸を中心に中世の文化の研究にも携わってきた私から見ると、道子が遊行民的な生き方に強く惹かれていたような気がしてならない。

遊行民とは、家を持たず、定住しない人々のことである。つまりどこにも属さず、旅を重ね、人生そのものが常に移動し、遊行している。私たちの旅の感覚は、時々出かけるという遊びの要素が強いが、遊行民にとっては遊行そのものが生活なので、したがって旅を終えて帰る場所というものもない。

遊行民の世界の発見に関しては、歴史家の網野善彦の功績が大きい。とくに日本の歴史の分析に遊行民の考え方を持ってきたことは非常に画期的な考察であったと思う。それまでの日本の中世史研究というと、農耕民ばかりが取り上げられ、そこからはずれて生きる人々に関しては、深く考察されることがなかったからである。網野は、天皇を中心とした農耕国家というそれまでの日本像に疑問を投げかけ、中世の日本にはもっと自在に行動する多様な生き方をした人々が一定数いたのだということを、さまざまな資料から解き明かしてみせた。

江戸時代の女性には離縁権がなかったが、いまでいうドメスティック・バイオレンスの憂き目に遭っている妻たちにまったく方法がなかったかというと、そうではなく、縁切寺、駆け込み寺に駆け込めば、夫は手出しができなくなる。そして、その寺で足かけ三年奉公すれば妻は夫と縁を切ることが可能だった。夫婦の離縁ばかりではない。借金苦にあえぐ者、下人や奴隷として主人からひどい扱いを受けた者も、縁切寺に駆け込めば、罪に問われず、主従の関係も切れる。縁切寺だけではなく、そうした俗世の生き方とは縁を絶つ場が中世にはたくさんあったと、網野は資料をもとに明かす。それが「無縁・公界《くがい》・楽」の場である。

世俗の苦しい縁から解放された人々は、芸能民や僧侶、さまざまな技術職を生業《なりわい》として、漂白民＝遊行民として村から村を渡り歩き、気ままで自由な生活を営んでいた。無縁の場で生きる人々は課税や兵役などの課役も免除され、俗権力は介入できない決まりがあった。

だとしたら厳しい年貢を課せられる農民たちより、すべての軛《くびき》から解放され干渉されない無縁の生き方の方がむしろ平和で快適に暮らせるではないかと思うかもしれない。しかし、俗世と縁を切ることは、そんなうまい話ではない。無縁の遊行民たちには、常に貧困や飢えの暗いイメージが付きまとい、外の人間からは差別され、まっとうな人間として扱われることはなかったからだ。

遊行民には、海で暮らす海民や漁師、山伏などの山民、鍛冶・鋳物師などの手工業者、楽人、舞人、獅子舞《ししまい》、白拍子、遊女などの音楽や歌舞を職とする芸能民、陰陽師《おんみようじ》や俳諧師《はいかいし》、歌人などの知識人、巫女《みこ》、勧進（布教活動する僧侶）などの宗教人、賭場を渡り歩く博奕打《ばくちうち》、死体を扱う非人《かんじん》などもいて、そのほとんどが定住する場を持たず、移動しながら生活を営んでいた。貧しく、賤民扱いされても、そうして自由に歩き回れるうちはまだ平和で長閑《のどか》であったかもしれない。

やがて、遊行民たちの管理が厳しくなり、無縁の人々は一つの場所に集められるようになる。遊行民たちがさすらいをやめて定着した芝居小屋や遊郭などの場所を、「悪場所」「悪所場」「悪所」という言い方をした。私の師である廣末保《ひろすえたもつ》（一九一九－一九九三。法政大学教授。近世文学研究者）は、この悪場所を研究し、芸能を提供する芝居町や遊郭を集めた吉原などが、悪場所、不浄の場所と差別されつつも、いかに庶民たちのエネルギーの源泉になっていたか、その考察を『悪場所の発想』としてまとめた。

幼いみっちんがおもかさまの世話をしていたころ、その周囲には、遊女や勧進さん、非人さんなど、遊行の民に近い人たちが多くいた。みっちんは、徘徊するおもかさまにやさしく接してくれる彼らが好きであったが、精神を病む祖母への親切とは別に、家というものを持たず、「どこにも属さない生き方」そのものに強い憧憬を抱いていたのではないかと思えるのである。なぜなら、みっちんは、幼いその小さな体にすでに漂泊する魂を宿していたからである。

『あやとりの記』（『全集』第七巻）には、雪の降る夜さりに、おもかさまと一緒に、幼い道子の体からふわりと魂が抜け出す幻想的な体験が詳細に語られている。

薄墨色に包まれた不思議な夕暮れの中に立っているみっちんが、「ここはどこじゃろう」と言うと、おもかさまが「しゃがれた鈴のような声で笑って」みっちんに囁《ささや》く。
「ここはな、八千万億《はっせんまんのく》、那由他劫《なゆたごう》の世界ばえ」
すると、ものたちの気配が濃くなって、おもかさまとみっちんのところに次々と「お客人」がやってくる。色づいた実をつけている巨《おお》きな橙《だいだい》の木も、塵箱《ちりばこ》も漬物石も、裸になったどんぐりの木も、それぞれにいっせいにそれぞれの自分の物語を囁き出し、世界は物語と音楽に満ちていく。そんな「生命たちの賑わい」の中で、いろんな魂が「脱《ぬ》けだしたり、入れ替わったりしている」様子をみっちんは目撃する。おもかさまと三つ子の魂も入れ替わる。その感覚を道子はこんなふうに説明する。

入れ替わったとはいっても、もとの魂を持ったまんまでたがいの魂の中に這入《はい》るのですから、ふたつの魂が重なってものを感じたり、世界を眺めたりするのでした。

みっちんの目には、互いの魂が行き来する様子がはっきりと見えているのである。生命たちの祭りが終わると、おもかさまとみっちん、二人の魂は、もとの自分のところに帰ってくる。

そのはずだったが、みっちんは「すこし変な気」がする。

「ばばしゃま、あのな」

「あい」

「魂がなあ」

「どうしたかえ」

「魂のここが半分、天の祭の方さね、去《い》たてしもた」

「おう」

「お客人といっしょに去たてしもた」

精霊たちと魂の交換をしているうちに、みっちんの魂の半分がどこかへ行ってしまったと感じるのである。道子のよく言う、魂の行方不明である。魂の半分だけ帰ってきてあとの半分は精霊たちと一緒に消えてしまった。幼いみっちんの半分の魂はどこに行ってしまったのだろうか。

そして半分だけの魂になったみっちんがお遍路さん親子と出逢うシーンが続いて描かれてい

る。遠い昔に幼いみっちんが遭遇した光景である。少し長い引用になるが、私のとても好きな場面なので、紹介しよう。

やさしい女の人の声で、御詠歌が聞こえました。

人のこの世は長くして
変わらぬ春とおもえども

こんな御詠歌の声を聴くと、みっちんはいつも、自分がこの世にいることが邪魔でならないような、消えてしまいたいような気持になるのです。雪の中を、白い着物を着て笠を被《かぶ》り、白い布で頬を包んだお遍路さんは、睫毛《まつげ》を伏せ、手甲をつけた片手で鈴鉦《れいしょう》を振りながら、片手で拝み、しばらく御詠歌をうたっていました。一銭銅貨を握って出て、お遍路さんの胸に下げてある頭陀袋《ずだぶくろ》にむけて伸び上がり、片掌《かたて》に片掌をそえてその上にお賽銭《さいせん》を乗せ、待っているあいだ、みっちんは自分のことを、壊れたまんまいつまでもかかっている、谷間の小さな橋のように感じるのでした。

御詠歌とお念仏が終ると、女の人は恭々《うやうや》しくお辞儀をしました。そのとき女の人のうしろに、いまひとりのちっちゃなお遍路さんが見えたのです。

その子は、背丈も躰《からだ》つきもみっちんとまったく同じくらいな年頃に見えました。かわいい白い手甲脚絆《きやはん》をつけ、白い袖無しを着ていましたが、何やらそれに、墨で字が書いてありました。まだ読めないその字を見たとき、半分壊れた橋になっていたみっちんは、なんだか危なくてならない橋の自分が、谷底に墜《お》ちていくような気持になりました。小さなお遍路さんと眸《め》が合ったからかもしれません。その眸は、まだこの世の風を怖がっている仔《こ》馬《うま》が、母親のお腹の下に隠れてのぞいているように、みっちんを視ました。お賽銭を捧げたまんま、みっちんがべそをかけば、同じようにその子もべそをかきながら、母親遍路の腰にすがり直して、隠れるのです。自分とおない年くらいのその子が着ている白い経帷《きようかた》子《びら》の字を、みっちんは、

――はっせんまんのく泣いた子ぉ

と書いてある、というふうに思ったのです。

「ほら早《は》よ、お遍路さんにさしあげんかえ」

母親が後ろから来て、皿に盛った米を、お遍路さんの頭陀袋にさらさらとこぼしました。

とてもよい音でした。

「お賽銭な、子ども衆《し》にあげ申《も》せ」

母親はそういってから、お遍路さんを拝んでいいました。

「この寒か冬にまあ、よか行《ぎょう》ば、なさいます。風邪どもひきなはらんようになあ」

お賽銭な子ども衆に、といわれて、みっちゃんもその子も怯《おび》えた顔になりました。けれどもお賽銭をさしあげるのはみっちゃんの役目でしたので、足がおない年の子のところに歩いていって、一銭銅貨を渡そうとしたのです。お遍路さんの女の子が、貰《もら》うまいとして両手をうしろに隠しました。小さな掌《てのひら》と掌がもつれるように触れ合って、赤い銅貨が雪の上に落ちました。みっちゃんも泣きたいくらい恥ずかしくて、両手をうしろに隠して後退《あとずさ》りました。

ふたりはほとんど一緒に後退りをすると、くるりと向き直り、あっちとこっちに別れて逃げだしたのです。

——天の祭よーい、天の祭よーい。

みっちゃんは、心の中でそう叫んでいました。恥ずかしくて恥ずかしくて、雪を被った塵箱や電信柱に、助けて、助けてといっしんに頼んでいました。それから、ふと立ち止まってこう思ったのです。

――天の祭さね去《い》っておった魂の半分は、あの子かもしれん。あの子は、もひとりのわたしかもしれん。

そう思ったらどっと悲しくなって、もうおんおん泣きながら、海の方へゆく雪道を走っておりました。そして泣きながら、

――うふふ、あのお賽銭な、蘭《らん》の蕾《つぼみ》かもしれん。

と思ったりしていたのです。落ちたまんまの赤い銅貨の上に、音もなく、夜の雪が降りはじめていました。


お遍路さんも遊行の民である。修行や信仰目的の巡礼者もいるが、離縁、疾病、犯罪などの理由から故郷を追われて、あてどなく遍路の旅に出て施しを受けながらいのちをつないでいる人々も少なくなかった。行をすればいつか病気が治るのではないかと一縷《いちる》の希望を抱いて不自由な体で巡礼を続け、旅の途中の道端で息絶えてむくろと化すこともあった。そうした人々に対し、俗世の人間はささやかな施しをしつつも、「あの人たちは貧しく、大変な生活をしている」「あんなふうになってはいけない」と子供たちに言い聞かせ、差別のまなざしを向ける対

象であった。

お遍路さんの鳴らす鈴の音が聞こえると、幼い道子は居ても立ってもいられなくなる。魂が半分だけになってしまったこの日はまた、気持ちの急《せ》き方が格別であった。いつものようにお遍路さんにお賽銭をあげようとすると、道子は母親遍路のうしろに隠れている小さな女の子に「自分の分身」を発見するのである。自分の魂の半分はあの子で、「あの子は、もうひとりのわたしかもしれない」と道子は強く思う。みっちんから抜け出たもう半分の魂は、お遍路さんの子となってあてどない旅に出ていたのである。

この遍路親子はどんな病や疎外を背負っているのか。それが悲しくて泣いているのに、その一方で落とした一銭銅貨が、おもかさまの掌にこぼしてあげた香り高い蘭の蕾のように思われて、得も言われぬ気分になっている。悲しいような嬉《うれ》しいような……片づかない気持ちに小さな胸は翻弄される。

なにかの拍子に、「自分はあの人だったかもしれない」と自分の魂が強く呼応する。私自身もそうした感覚を強く持つ方だと思うが、石牟礼道子はかなり幼少期からその感覚を持っていて、強く惹かれるものに魂を同化させるすべを知らず知らず体得していたようだ。

定住者として家に住み、普通の娘として育っていく道子と、垣間見てしまった漂泊する遊行民の世界に半分だけ魂を潜り込ませる道子。分離した魂は常にさまざまな渚（境界）にたたずみ、いまもなお引き裂かれ続けている。
四国遍路の道沿いにあたる高知に生まれ育った師の廣末保も、子供のときによく似た経験をもっていた。一九七二（昭和四七）年九月の「月刊百科」（平凡社）に掲載された「旅の境涯」（『漂泊の物語』廣末保著作集　第一〇巻、影書房）に、このように書いている。

遍路の往《ゆ》き来は多く、日になんにんも家の門《かど》に立った。その白装束の遍路を、お遍士さんといかにも親しげによんだ。しかし、子供心にも自分たちとは別の世界の人だと思っていた。有難い人のようでもあり、気の毒な人のようでもあり、恐ろしい人のようでもあった。

それは菜の花が咲くころの雨の降る日だったという。小学生の「私」が町はずれの田舎道を歩いていると、向こうを白装束の遍路が一人歩いていた。そのとき、「急にその道が見馴《みな》れたいつもの道でないような気がした」のだ。それからは「かれらが自分たちとはちがった道の上を歩いているように感じだした。かすかなそれは衝撃でもあった。私は怯え、しばらくのあいだ、遍路を道で見かけると脇道にそれるようになった」と。

それ以降、廣末保は「旅に出る」という言葉から「遍路の道」を連想するようになり、やがてそれは「此岸《しがん》の時空」と「異質な時空」の対比につながっていった、という。廣末は歴史学でいうところの「定住民」と「遊行民」の二分類を前提にして書いているわけだが、単にそういう分類であるなら異質な時空ではなく、怯えの感情もともなわない。道子が「もう一人の自分」をそこに見た見え方とは異なるが、やはり分類を超えた「不可分の関係」「宿命的なかかわり」を廣末は見てしまったのだ。

ただし廣末保が自分の怯えを分析して言語化したとき、そこに出現したのは「詐術」という言葉であった。定住民の恐れと蔑視をむしろおのれの力に転換し、彼らは定住民の罪障を担う。担わせた方のうしろめたさは、金銭というかたちになって受け渡される。漂泊の民は、「恐れと蔑視の複合した定住民の意識」に「乗ずる」ことで生き抜いた。担わせ担う依存関係がそこにあった、と。

すでに述べたように、その不可分の関係が江戸時代の都市の中で、遊郭と芝居町という特別な空間を生む。遊女と役者は被差別の民として人々の罪障を担い続け、それが巨大な市場を形成した。市場が形成されることには理由があった。日本文化の中で「支払い」が「お祓《はら》い」であったことは、小松和彦や松岡正剛《せいごう》がたびたび述べている。「銭」や「幣《ぬさ》」は神への捧げものであり、それは自らの罪障に由来する汚れを払う（祓う）ことにつながっている。次に述べる、日本の地域に残っていた非人という意識は、やはり恐れと蔑視を引き受けることで、罪障を担う存在であり続ける意識のことである。

非人の方法

『苦海浄土』において、チッソとの過酷な闘争を続ける描写の中に、「非人となって」、あるいは「非人乞食となって」お供するという表現がたびたび登場する。故郷を遠く離れて抗議や座り込みの加勢に東京へ参上するとき、道子は「非人＝乞食」となって道端に座すのである。「大道に座り、かつねむる、ということは、故郷の認識によれば非人になるということである」（「天の魚」）と道子はいう。大阪のチッソへの抗議に患者たちが巡礼姿で行くと聞いて、水俣の市民たちは、「水俣病患者たちは、非人になりに、大阪くんだりまでゆくそうじゃ、水俣の業ば晒《さら》しに」と、陰口を叩いた。故郷の者から疫病神扱いされ、訴えに行こうにも銭はなし、訴えに行くべき人間も次々に死んでいく。闘争が長引くほどに患者たちの心身は疲弊しきっていった。

『苦海浄土』第三部「天の魚」には、冒頭から非人乞食となった道子が立ちあらわれる。病んだ眼が片方失明したにもかかわらず、助太刀の瞽女《ごぜ》の表情は晴れ晴れとしている。

「道のべに座すものにふさわしく、片っ方だけれどもやっと、盲《めしい》の瞽女にわたしはなった」と、道子は冒頭の文章に刻む。


自分の冬を胸もとにかき抱き、わたしは目をさます。かすかにあたたかく、青い寝息をたてている若者たちの体温に、わたしは包まれている。いま、路の上に並び寝ているこのものたちは、どこにゆくのか。

遠くこころに昏《く》れる雪景色をふり払い、起きて、ふたたび路上に寝ているものたちの姿をまじまじとみる。

「こうなればもう、東京乞食じゃなあ」

そのようにいうとき、なぜこうもはればれと互いの顔がまぶしいのか。


分離した道子の魂が、非人となって水俣患者と苦行の添い寝をしているとき、どこか晴れやかなのは何故であろうか。まるで遍路親子の子供となって旅立っていった自分の分身と長い年月を経たのちに再会を果たしでもしたようなすがすがしさだ。こうした描写に遭遇すると、遠い昔、遊行の者や精霊たちと魂をかわし合った幼い道子が、自ら非人となって人々の受苦に付き添うという未来を予見していたように思えてならない。

後のエッセイで道子は「非人となる」ことをこのように述べている。

それで（東京に）出てきますときに、非人になるといって出てくるんです。非人というのは、乞食だけとは限らないのですけれども、何かこの世にいる居り方がおかしくなってしまったような、ゆくところがわからなくて、人外の境とでもいえばいいんですか、そこへいくしかないような人間のことを非人というんですけれども、非人の道を歩く、そういう思いを自分にいいきかせて、東京にきて座ったと思うんです。

（「陽《ひ》いさまをはらむ海」、『全集』第七巻）

道子の視線はいつも、この世にどう居ていいのか、ゆくところがわからなくなった遊行の魂に向く。差別され排除された人々である。道子の抜け出した魂がそういう人を探し出して、道行きをしているようでもある。

「天の魚」には、抗議の道のべに座する「花非人」の姿も切なく描写されている。「花非人」とは、なんだろうか。

妊婦がメチル水銀を摂取して胎児に障害があらわれてしまう、その子らを「胎児性水俣病」と呼んだ。生まれ落ちたときから水銀毒をその身に抱え、脳の発育が不十分だったり、神経細胞に異常をきたしたり、言語障害や運動失調などさまざまな症状を抱える。言葉もしゃべれぬ「生き骸《いむくろ》の娘を抱き晒し」、母子で病魔に侵されながらも、裁判所や東京のテントにその身を連ねる人々も多くなっていた。

それを見て、水俣の心ない市民は「昔ならば見せもの小屋に売り出して、銭もうけしてよかような子どもを持っとる衆が、東京までも漂浪きまわって、テントの小屋がけして売り出しよる、多銭《うぜに》のあがるげな」（「天の魚」）と、聞こえよがしに言う。土地の人間は水俣病を「罰かぶり病」と呼んで、かかった本人に咎《とが》があるかのような忌まわしげな言い方をする。

さらに追い打ちをかけたのは、チッソの社員の妻たちで、子供たちの行くリハビリ病院にまで偵察に来て、「なんだか気味が悪いわね。あのような気味の悪い子を産んで、見せびらかしたりしてね。どんな神経かしら。大きな声では言えないけれど、早く死んでくれた方が本人のためにはいいんじゃないかしらねえ」（同）と、眉を顰《ひそ》めて囁き合う。そんな陰口が一七、八にもなる娘のおしめを替えている母親の気持ちをどれほどに打ち砕くか、それを思ってみる想像力のかけらもない。黙ってそんな陰口に耐えていたその母女が、あるとき意を決して、連れ出た先の皆さま方の前で死んでくれれば、親も子も本望、この子は私どもが最初に授かった宝子なのだと言って、チッソの幹部に我が子を抱かせる場面は鬼気迫る。そのときの母女の表情を道子は、「闇の中から、花ん咲きだすようでござした」とつづる。

1969年　胎児性水俣病の子供たちと石牟礼
写真提供＝朝日新聞社／ユニフォトプレス

道子が花非人と呼んだのは、そんな母女たちのことである。不憫《ふびん》な障害を抱えていても自分らのかけがえのない宝子だと言い切って、大衆の前にその姿をさらして非人になりに来た母親たちが、道子には闇の中に咲く花に見えたのだ。

がっくんがっくんと揺れて定まらぬ娘の首とおしめを抱え、死を覚悟で非人となりに来た母子の前で、道子は同じ非人となって、ただただもだえるしかない。そして彼らに成り代わって、その心の声を文字に刻み付けるしかない。

道子はこうして、自ら非人の側に立った。戦後日本の経済力と引き換えに、毒を人に押しつけてのうのうと生き続ける側に立つことの耐えがたさ。道子はなにも書かなければ、そして非人となって彼らとともに行動しなければ、そちらの側に立ってしまうのである。それを選ぶくらいなら、人々の罰を担って生きた方がましである。「罰かぶり病」と見えるとき、その罰は、病をもっている者の罰ではなく、病を押しつけた側の罰なのである。戦後日本の経済政策そのものの持っている罰なのかもしれない。自らの罰を担わせた、という意識で水俣病を見た人がどれだけいただろうか。遍路と向き合った人々であれば、自らの罰を見つめ、せめて彼らが生きていかれるようにと、たとえ一銭銅貨であっても手渡した。それは自分と「不可分の関係」であることを知っていたからだった。

そして道子はそれより深く、自分の分身である、と知っていた。実際この世で運命を分けている人々は、自分の分身なのである。「自我」や「個人」の分身なのではなく、生命そのものの分身なのである。

ひゅんひゅんと移動する神々

こうした石牟礼道子の魂の遍歴を考えるとき、私の頭に思い浮かぶのは、『椿の海の記』（『全集』第四巻）の冒頭の章「岬」に描かれていた、ひゅんひゅんと鳴きながら野山を移動する神々の情景である。道子の魂が漂浪くようになったのは、幼いころにこの神々が動くときに鳴く声を聞いたことが原体験となっているのではないか。私にはそう思える。

川の神さま方は、山の神さまでもあって、海からそれぞれの川の筋をのぼり、村々を区切って流れるちいさな溝川に至りながら、田んぼの畦《あぜ》などを、ひゅんひゅんという声で鳴きながら、狭い谷の間をとおってにぎやかに、山にむかっておいでになるが、春の彼岸に川を下り、秋の彼岸になると山に登んなさるという。

前近代の世界では、こうして川や山の神さまたちが移動することによって、祭りがおこなわれた。祭りの神輿《みこし》や山車《だし》というものは、神さまの移動の象徴であった。後にそれは観念的なこととされ、人々に神さまたちの姿が見えているわけではない、とされた。ところが、道子の暮らす村の年寄りたちは、そこかしこに山の神さんや川の神さんがおんなはって、ひゅんひゅんと鳴きながら移動しているのだという。だから、川のもの、山のものを粗末にするんじゃないと子供たちに言い聞かせる。

年端も行かない子供がそんな話を聞く。道子も聞いた。ひゅんひゅんと神々が鳴く声だけでなく、その気配や姿まで見えていたのではないか。自然の中でいつも移動する神さまたちを感じていた道子にとって、神さまはそこら中に存在するのが当たり前であった。これはヨーロッパでいう一神教の神さまとは違って、アニミズムと呼べるものであったろう。しかし、一神教の父と子と精霊が実在で、アニミズムが迷信なのだろうか？　自然の生命は実在する。生命を活気づける宇宙のエネルギーも、その要素となるあらゆる物質も実在する。その実在は、自らの生命の実在によって知ることができる。世界中にあった自然信仰がいくつかの世界宗教によって淘汰《とうた》されたわけだが、だからといって自然の生命を感じ取り、全身で知る能力が人間からなくなったわけではない。道子の場合、その能力を子供のころ、否定されはしなかっただけなのである。

ともあれ、神さまたちが移動して存在することを、幼いころからなんの違和感もなく受け容れてきた道子にとって、移ろいながらどこにも属さず暮らす遊行民の存在は、さほど違いがないように見えていたはずである。遊行民に対する道子の憧憬の念は、ひゅんひゅんと鳴く神々への想いとどこか通じていた。

『苦海浄土』の第二部「神々の村」で、山やけものの生態を知り尽くした手練《てだれ》の猟師の義春が、水銀毒に侵され、宙を飛んでは地に墜ちる鳥獣のようにのたうちまわるさまを見て、道子は、これは「アニミズムの神たちの、ひょっとして、変身にむきあっているのではあるまいか」と、ひそかに彼を観察する場面がある。

日々の暮らしとともにどこにでもいたあの在野の神々は、もとをただせば、人びとの災いを身に負うていた身替り仏であったり、災厄の神などと相討ちなどになって果てたりして、村の守護神となったうつつのヒトでもあったから、そもそも、はじめから神格などをそなえていたわけではなく、むしろ生きていたときの姿というものは、なまなまとした人格であったにちがいない。

人々から「八狐《やこ》（キツネ）のついたかもしれんぞ、本人ちゃ思えん」とおそれられる重篤な症状をきたした義春に、道子は身替りとなったアニミズムの神の気配を感じ取る。「アニミズム神たちはまた呪術神でもあり、呪術神と災厄はつねに結びついてもいた」と道子はいう。

すなわち、幼い頃から道子が慣れ親しんできた「ひゅんひゅんと鳴く神々」は、きわめてヒトに近い存在で、災厄の降りかかった人間に乗り移って身替りになる役割を持っていたということである。そう考えると、道子の中では、アニミズムの神々ともだえ神は、さほど違いのない存在としてとらえられていたように思う。道子の抜け出た魂が災厄を背負った人間に向く理由もここにある。

第二章で紹介した『おえん遊行』の、おえんもまた家を持たない漂泊者である。魂の飛んでいる「頭のおかしな女乞食」は、いつも大切そうに「にゃあま」を懐に入れている。この「にゃあま」とはなにか。物語中にその解説はないが、のちに書かれた道子の解説「『おえん遊行』をめぐって」（『全集』第八巻）では、「わたしの世界のアニミズムの精霊というか妖精につけた名である」と明かしている。さらに物語の構成として、魂の飛んでいる女乞食おえんは、風土と生類を表す母の存在であり、物語の父性は、架空の小さな島を抱きかかえるようにそびえ立つ渚のアコウの巨木だという。

「つまりこの世では異形のもの、当り前の生れではないと見なされているものたちが、永遠の聖痕を負って野天の家族となってゆく」（同）という道子の文章に接すると、自ら非人となって「罰かぶり病」を背負わされた人々に寄り添う道子の姿がより鮮烈に胸に迫ってくるのである。

『苦海浄土』の第三部「天の魚」で、蟻地獄のような闘争のさなか、永いさすらいの中で疲労困憊《こんぱい》する仲間たちを思い、「一族の族母の気持ちに」なって見守ったとある。まさにおえん遊行ならぬ、道子遊行である。そして道子にとって、このもだえ神となる非人の方法こそが、高群逸枝や平塚らいてうらによって道子の中に開眼した「母なる自然界」「普遍なるもの」につながる唯一の方法だったのではないか、と思う。

日本人に見る「共視」

「成り代わり」や「もだえ神」からは、精神科医の北山修氏が重要視する「共視」も思い起こす。文字通り「共に視る」ということの考察である。ロンドンのモーズレイ病院とロンドン大学精神医学研究所で研修していた北山は、研究と臨床を重ねるうちに、精神医学は言葉との関係が深い領域だ、と思うようになった。そこで「日本語臨床」という分野を拓《ひら》く。臨床実践にかかわる多くの発想がドイツ語や英語に根ざしている。しかし心の在り方は言葉と深くかかわっており、臨床の方法が日本語であることは重大な意味を持つ、と考えたからである。

北山は、人の子供時代と人々の古代について、『共視論』で興味深いことを書いている。持ち込まれる悩みや問題行動は子供時代からの反復であることが多い。しかしそれは事実としての子供時代の出来事ではなく、事後的に言葉でとらえ直された、「語られた過去」「物語としての過去」である。しかも日本神話や昔話は人々が共有する「過去の物語」であり、個人の過去の洗練された総和であって、それは「私の内なる古代」を思い出させるきっかけになる、と。そして「現代の私たちの過去が一〇〇〇年以上も前の昔の人びとの過去に関する物語と本質的には同じ」であるから、昔話を通して自分の古代つまり過去を読み取ることができるのだ、と。

道子はまさに「みっちん」の時代が、日本人の古代に通底することに気づいている。それは社会における「女性」というジェンダーに陥る前の、統合された道子が生きられる共同体の時代だった。しかしそこには「おもかさまの物語」が潜んでいた。その過去の物語を担って、道子は女性になっていった。

北山修は、その「語られた過去」の延長線上に「描かれた過去」を発見した。それが浮世絵における母子像である。語られた過去が日本語臨床であったように、描かれた過去は、日本の図像である必要があった。北山は約二万枚の浮世絵から約四五〇組の母子像を抽出し分析した。その分析の結果、「同じものを眺める姿」が量産されていることがわかった。たとえば破れた唐傘の穴を、傘をさしている母と抱かれた子供が共に見ている。あるいは、井戸の中の水を母と子が一緒に覗いている。蹲《つくば》いに張った水を母子が一緒に見ている。

そのような共視する母子像を観察するうちに、北山はそこに年齢差があることに気づく。生まれたばかりの赤子は母親と密着しているが、年齢が高くなって幼児になると、密着から接触に変わり、やがて分離した上で「一緒に視る」関係に移行していくのだ。その共視関係の中で子供は母親と価値観を共有し、言葉を覚えているのではないか。自分たちもそうして育てられてきたはずで、それが日本人の精神構造に深く影響しているのではないか、という仮説を北山は立てた。

私は一九九九年から二〇〇二年、北山修が研究代表者をつとめた文科省の科学研究費補助金基盤研究「発達臨床ならびに感性心理学的視点から見る日本の育児文化：親子画の分析を通して」に、浮世絵の分析で参加し、二〇〇三年に報告書を提出し、それがのちに『共視論』（講談社選書メチエ）という本になった。

さらに、肩寄せ合って共に同じ方向を見るという、この日本人の共視行動の代表例として北山が挙げたのが、小津《おづ》安二郎の『東京物語』である。この映画は常に、登場人物の「共視」の姿勢に注目して構成されている。年老いた夫婦が肩寄せ合い、並んで空を見ている。それを撮っているカメラもずっと一定の位置に据えられ、距離を変えない。それを見ている観客には、黙って同じ方向を見ている夫婦の間でかわされている心の会話が聞こえてくるような気がするのである。日本には、こうした「共視」によって価値観を共有し、言葉をかわすすべを育んできた文化があったのではないか。北山が分析し研究したのは、価値を共有し、言語を使用するための基盤となるこの「共視」の構図であった。

「共視」は、相手と価値観を共有する「共感」の方法である。これはもだえ神の生まれる「場」なのだ。いまの日本の母子関係にどれほど「共視」の構造が残っているのか定かではないが、立場が異なっていても相手の在り方に対峙するのではなく、とにもかくにも駆けつけて、一緒に感じ、一緒に見る、という道子のもだえ神の特質は、日本の文化の中から出現していることは間違いがない。

しかし、強い共視感覚ともだえ神の魂を道子が持っていることは確かであるが、石牟礼道子たる所以《ゆえん》は、その分離した魂の行く先を冷徹に見ている「もう一人の道子」がいることである。一緒にいても巫女のように対象者と同化することはない。世阿弥《ぜあみ》の「離見の見」（演者が自分をはなれて観客的な立場で自分の演技を見ること）のごとく、対象者に寄り添う魂とそれを見ている自分が同時に存在する。

自分の魂の行く先を、リアルに関心を持ってつぶさに観察しているもう一人の道子。それこそが表現者としてのまなざしであり、この世に魂の物語を送り出す重要な語り部の役割を担っているのである。

「境界」を行き来する魂

あるとき、生命と「生体膜」の関係を知った。周知のように、宇宙はビッグバン以降広がり続けている。拡大しながら、崩壊——つまり死に向かっている。その超スピードで進行する死への道程が始まってから一〇〇億年後、地球という星に「生体膜」というものが出現した。生体膜とは、外部と内部の境界であり、区切りである。生体膜は、生命が外部に溶解混入してしまわないように、懸命に薄い膜によっておのれをかたち作り、全力を尽くして薄膜を作っては、「かたち」になろうとする。その懸命な作業は、常に死と崩壊の隣り合わせにある。生命とは、それほど壊れやすく、切実な存在なのである。

その後私は、石牟礼道子の文章を読むたびに、この生体膜を思い出すようになった。石牟礼道子という生命は常にあやうい。なぜなら、膜を破り、膜の外に出てほかの生命体と合体しそうに思えるからだ。そのことを道子本人がひそかに願望しているから、いっそうあやうい。『椿の海の記』の「雪河原」にこんな文章がある。

存在というものの意味は、感覚の過剰なだけの童女だからというだけでなく、理屈をもっては解きがたかった。いっそ目の前に来たものたちの内部に這入って、なり替ってみる方がしっくりとした。いのちが通うということは、相手が草木や魚やけものならば、いつでもありうるのだった。

内部に入って成り代わることは、人の魂にとって危険なことでもある。人をかたち作っていた生体膜が壊れて外部に溶解混入してしまうかもしれない。元の自分に戻ってこられないかもしれない。「もだえ神」の魂を持つ道子には、常にそのあやうさが付きまとっている。それは道子の魂の深さゆえに生じるあやうさでもある。

ところで、生体膜の仕組みは、脳のニューロン細胞膜にも継承されている。ヴィラヤヌル・ラマチャンドランのＴＥＤ（Technology Entertainment Design。世界的講演会を主催している非営利団体）における講演『文明を形成したニューロン』によると、ニューロンの中には、ミラーニューロンというものがある。腕の皮膚感覚を麻痺《まひ》させると、他者が別の人の手に触れているのを見て、自分自身も触覚を感じるという。これは、皮膚（つまり生体膜の一種）だけが自他を区別しているからである。人間は、自他を区別する感覚を発達させなければ、相互に溶解しあってしまうのではないだろうか。「共感」は、人間として重要な感覚であり、本来の人間の在りようであると思う。しかしそれは、溶解の危険を持つほど強いものでもある。

　私たちは、生物としては皮膚で、精神においては自我意識で、かろうじて自分というものを作り出している。そこで、どちらに価値を置くかが時代によって変わる。近代は自我意識で自分を守ることに価値が大きく傾き、自我意識を発達させた者が知識人とされた。

　しかし江戸時代、本来の日本人とはどういう人間だったかを問うた国学者たちは、あらためて古代から紡がれてきた日本固有の文化に注目し、そこに「直き人間」というものを発見する。「もの」に心が触れて自然に歌となる。自分自身が眼の前の一本の松に成り、そこから句を詠む。道子のいう「成り代わり」が、すでに古代の文化に息づいていたのである。道子が古代から来た人であるという所以はそこにある。つまり、道子を含め、樹々や草木、けものたちの精霊と魂を交換し合っていた古代の人々は、常に溶解と隣り合わせのあやうい生命を保っていたということになる。しかし同時に、原初の人間には現代人よりもっと強いミラーニューロン的能力が備わっていて、自然との交換が日常的におこなわれていたのが、長い年月とともに、そうした能力が退化していったのではないか。私にはそんなふうにも感じられる。

では、近代における「自我意識」というものは、自身の身を守る「生体膜」となり得ているのであろうか。そう思っているのは自分だけで、管理され、数値化された人々の魂は、とっくに誰かに支配されているのかもしれない。そんなことを考えると、道子が呟いた、魂が戻るべき自分とはいったいなにか、という問いが、私の前に重く差し出される。

生体膜とは「境界」である。境界は社会にもある。いや、社会こそが境界を作り出す。病者を健常者から分け、性や屍《しかばね》や動物にかかわる仕事を蔑視する。道子はそうした境界をやすやすと超える。

「淫売」「隠亡」「非人」、そして精神を病んでいるしんけい殿の「おもかさま」は、海辺や川や山の生き物たちとつながっており、その両方を「もだえ神」である道子は行き来する。耳をすませば道子が鳴らす「ひゅんひゅん」という音が聞こえてきそうな気すらする。『春の城』と『苦海浄土』が見事にパラレルな構造を持つように、道子の魂は現代と過去を行き来する。

人々にとっての常なる生活圏と、そこから排除された者たちの世界。自然界に支えられている生活圏と、巨大組織の利益を含む生活圏。そして差別され排除された者たちの世界は、自然界の生き物たちと深くつながっている。

あらゆる境界を行き来した石牟礼道子は、とうとう生体膜が消えて、自然と宇宙に合体した。それはとても自然でめでたいことだ。道子が常に願望していたことでもある。しかし、同時に哀しい。もだえ神を失ったいま、世界はますます崩壊、すなわち死へのスピードを速めたように感じるのは、私だけではないだろう。

第四章
祈るべき天と思えど天の病む

1996年　天草での石牟礼　撮影＝宮本成美

死者と生者をつなぐ文学の役割

祈るべき天と思えど天の病む

これは数十年の長きにわたって水俣闘争に加勢してきた道子が、ふと閃《ひらめ》いて詠んだ句である。自分たちが生きているこの世は、もうどうにもならないところまで来てしまった。どうしようもないときは、祈るよりほかはないというが、祈ろうとして空を仰ぎ見ると、その空は汚れ果て、とても天上の神々や仏さまがおられるところではなくなっていると道子はいう（「石牟礼道子の世界―新作能『不知火』をめぐって」、『全集』第一六巻）。

このまま人間たちが創り出したこの世界は朽ちていくのだろうか。そんな暗い未来を彷彿させる句であるが、どれほど絶望の淵にいても道子は決してこの世界に背を向けない。そう私が感じるのは、いささかも道子の創作意欲が落ちないからである。「文学の言葉に力はあるのだろうか」と自問自答しつつ、なにをしても届かない、壊れゆく世界に向けて、さまざまな文学表現を使って語りかける。

二〇〇一年、たった一度しかお能を見たことがないという石牟礼道子が、見事な新作能を書き上げた。能の言葉は古典語が中心となるが、石牟礼道子の新作能『不知火』にも伝統的な古典語が縦横に使われている。それらの言葉たちは決してみよう見真似の借り物ではない。生身の肉声よりもずっと深く響くその言霊は、まるで死者と生者がつながっていた古代の音域を思わせる。

対談のとき、石牟礼さんのお能の言葉の中で、十分に古典の言葉が出ていますと言うと、「あの言葉はどこから出てきたんでしょうかね」と事もなげに言われて絶句した。書き上げた作品を読み返してみて初めて、こういう言葉の使い方を知っていたのか、と自分でも驚いたのだという。どこで勉強したのかわからない、本もあまり読まず、『古今和歌集』は読んでいず、『万葉集』もかすり読み程度で深く読んだこともない。にもかかわらず、よどみなく太古の言葉を駆使できるのは、あの尋常でない記憶力と関係があるのか、それともやはり道子は古代から来た人なのか。そんな思いを深くした。

とまれ、なぜ道子が能という表現に惹かれたのか。そこには道子の魂の在りようと深いつながりがあるように思える。

『春の城』の解説でも触れたが、文学の役割として、片づけられてしまったものを呼び戻し、作品の中でもう一度生きてもらう、ということがある。これは「俳優《わざおぎ》」や「人形《ひとがた》」が、古くから日本の芸能の中でやってきたことで、とりわけそのかたちがはっきり見えるのが浄瑠璃と能である。能の場合には、夢幻能の中で死者が甦る。誰かが眠っている間に死者が亡霊となって登場し、自分がどのように死んでいったのか、語るわけである。

たとえば『平家物語』は集団の物語として書かれているが、能では一人の死者として甦って来る。たとえば『敦盛《あつもり》』であれば、敦盛の亡霊が自身の終焉《しゅうえん》の物語を語る。どのような経緯で自分が死んでいったのかは、死者にとって非常に大事なことだ。この世に生きているものすべてに対し、それを語り尽くすためにもう一度あらわれるのである。そして亡霊が語り終えた後は、僧侶が祈禱《きとう》によって無念を抱えた魂を鎮め、もう一度あの世に送り戻す。夢幻能はそのような作りになっている。

私は日本の芸能・演劇の基本は、そうした死者と生者のやりとりの中にあると思っている。そのかたちは仏教に由来するものではあるが、起源はさらに古く、縄文時代までさかのぼれるのではないかと考える。縄文時代にどんな祭りがおこなわれていたのかは具体的にではないが、いくつかわかっていることもある。縄文集落は山の上にあるが、そこには必ずストーンヘンジのように円形に石が配置された祭り場が作られていた。

その石はわざわざ下方に流れる川の河原から持ってくる。なぜ縄文人たちは、河原の石を山の上に運んで祭りの場に設《しつら》えたのか。それは川というものが持つ流動性、血が流れるということも含んだある種の流れを導き寄せるためではないかといわれている。この流れは死の世界と生の世界を象徴したものであり、もっといえば、死者の世界と生者の世界は、こうした循環の中に流れとして存在していて、互いに影響しあっているという考え方に行きつく。太古の人々は、森羅万象、人間だけではない生き物の世界と死の世界は同じ流れの中にあるということを直観的に感じ取っていたのかもしれない。

そうした考え方の名残や片鱗が能の中に出てくることがある。たとえば『鵜飼《うかい》』という能は、鵜を使って魚を獲る漁師の語りであるが、その漁師は自身のことを罪人だと思っている。自分は生者であったとき、鵜が食《は》んだ魚を取り上げ、数え切れぬほど鵜も魚も殺《あや》めてしまった。その悔恨と苦しみを抱えて甦ってきた鵜飼の漁師が、とうとうと嘆きを語り、語り終えて鎮魂されて成仏していく。この鵜飼の物語は、人間なのだから生き物を殺して食してもしようがない、という考え方ではなく、どんないのちも同じ地平にあるという前提によって成り立っている。

このように、生きるための殺生も含めて、いのちといのちのやりとりの中にあの世とこの世は存在するのだという認識が、日本にはかなり古くからあったと思われる。

仏教が入ってくると、日本の風土と相まって、そのかたちがより鮮明になって受け容れられるようになる。そもそも、仏教の論理では死んでしまえば無に帰るだけでなにもない。つまり亡霊など存在しないのである。仏教の教えでは、生きているうちにできるだけ悟り尽くし、そのことで生死の輪廻《りんね》からはずれ、もう二度と迷いの世界であるこの世に戻ってこなくてもいいように修行する。それを解脱という。つまりは、この世で生きるとは苦悩そのものであり、そこから逃れるために人間は生きているのだ。しかし罪を犯したり悪いことをすれば生まれ変わってしまう。そうした生死の輪廻からはずれたい、逃れたい。そして二度とこの世に戻ってきたくない、という考えが仏教なのである。

しかし日本の演劇その他の文学、文化には、仏教には存在しないはずの「向こう側の世界」が設定される。これは祖先礼拝の考え方とも通じている。なにしろ、日本人の仏壇の中には仏陀はおらず祖先がいるのだ。昔からあるように思われているが、じつは一般家庭に仏壇が置かれるようになったのは江戸時代である。とすれば、仏壇の中に祖先の霊がいると考えるようになったのもおそらく江戸時代からであろう。

仏教の本来の論理からいえば、死者の霊などというものは、あの世にもこの世にもいないわけである。アジアのほかの仏教国の仏壇には、仏陀とその眷属《けんぞく》はいるが祖先はいない。ところが日本の仏壇には祖先の位牌《いはい》や写真があるが、仏陀はいない。日本の仏壇も当初は、仏像仏画、舎利、経典などを安置するために作られた。仏壇は寺院の中にあるものだった。中世以降、武士団の惣領家が持仏堂や仏間を建てるようになり、その中に仏像を安置するための厨子《ずし》を作った。この段階では厨子は仏像を納める祀殿だった。そして江戸時代になると檀家《だんか》制度が始まった。そこから仏壇は変わる。家に仏壇が入るようになった。そして過去帳、家系図、位牌などが安置されるようになったのである。やがて仏像は追い出され、位牌と写真だけになった。

江戸時代の人々は、家々の祖先の記憶を家の中に存在させるために、仏壇を作ってしまったのかもしれない。おそらく、「家」概念が広く庶民にまで広がっていった過程で、その持続が重要になり、持続のための記憶が祖先崇拝となり、寺がその情報管理を担う、という関係ができていったのであろう。なにか事が起きれば仏壇に手を合わせてご先祖様に相談する、という生活習慣ができた。「あの世」が西方浄土ではなく、もっと身近に存在するようになったのである。

その感覚に日本の演劇も対応している。能も浄瑠璃も鮮明にその思想を踏襲している。近松門左衛門の心中物などは、新しい都市型の芸能として、非常にシンプルにそのことを人々にわからせる役目を果たした。能と同じように、登場人物が最初に登場するときはもう死んでいるわけである。近松門左衛門の『曽根崎心中』（一七〇三年成立）は、現実に起きた事件であるから、観客たちはそのニュースを知った上で見に来ており、心中で死んだお初が人形となって舞台にあらわれてくるのを、義太夫浄瑠璃を通して目の前に見る。そして、あの世から甦って来た登場人物が、どんないきさつで心中に至ったのかを切々と訴える語りを聞いて、心が打ち震えるのである。

「げにや安楽世界より今この娑婆に示現して、我らがための観世音。……札所の霊地霊仏廻れば、罪も夏の雲」と、心中で死んだ一八、九歳の少女が、人形となって観音をめぐる。そのとき、「観音」の慈悲によってこの少女は救済され、見るものは涙しながらも安堵する。

歌舞伎の構造も、能や浄瑠璃とよく似ている。鎌倉時代初期に父の仇討《かたきう》ちを見事果たして死んでいった曽我十郎、五郎兄弟が、江戸古典歌舞伎の『助六所縁江戸桜《すけろくゆかりのえどざくら》』に、「曽我もの」の主人公としてあらわれるのも同じ構図である。そもそも歌舞伎の成り立ちそのものが死者の再来として始まっているのである。最初に出雲阿国《いずものおくに》が女として歌舞伎を立ち上げるわけであるが、初めて観客の前に登場した阿国のいでたちは男装で、我は名古屋山三郎《さんざぶろう》（通称「名古屋山三」）

と名乗りを上げたという。名古屋山三は、戦国時代に蒲生《がもう》氏の家臣として仕えた美少年の誉れ高き武将で、その華麗な人生をまだ語りや物語なき時代に舞踊劇にして舞ったことが、歌舞伎成立の伝説として残っている。歌舞伎の始まりも、死んだ者が舞台に上がるという構造を持っているということを考えると、大衆芸能も含めて、文学や演劇の基本はどうもそこにある。

石牟礼道子は、歌舞伎や能に親しんでいたわけではないと言うが、直観的にその構造をとらえていたように思う。日本の演劇文学は、縄文時代の祭りや『古事記』や『日本書紀』に見る芸能の神話にそのルーツを求めることになっている。私たちが説話や神話を語るとき、自分の生活とは無縁なものとして研究対象にしてしまうことが多い。しかし、石牟礼道子が自身の世界を表現すると、本人の意識はどうあれ、やがて神話や説話の世界に近づいていく。石牟礼文学そのものが神話の構造を持っているといっていい。

『春の城』を描くために四〇〇年もの時空を軽々と飛び越えて行く道子の魂。そこでは時系列が消えている。昔の時間もいまの時間も重なり、同時にあの世もこの世も、そして生きとし生けるものはすべて同じ地平、流れの中にあり、そこを行き来するのは道子にとってごく自然なことなのである。

そう考えれば、古典文学の研究をしたわけでもなく、たった三カ月ほどで『不知火』という見事な能を書き上げたことは、道子にとって特別なことではなかったのかもしれない。すでにその世界は道子にとってごく身近で親しきものであったのだから。三、四歳の幼きころに自分を可愛《かわい》がってくれた祖母のおもかさまと一緒に超えたその世界は、道子のもだえ神の発露となり、創作の源となったことはもはや疑いようのないことである。

水俣の死者たちが再び戻る『不知火』

繋《つな》がぬ沖の捨小舟《すてをぶね》
生死《しやうじ》の苦海果《くがいはて》もなし

新作能『不知火』上演詞章（『全集』第一六巻）の冒頭の言葉は、『苦海浄土』の始まりの言葉と同じである。表現形式は異なるものの、道子が描く世界にはなんら変わりはない。『不知火』は水俣事件の本質、つまりは近代の本質に向き合った作品であった。

舞台は、水銀に汚染されたヘドロが沈殿した死の海を埋め立てた場所である。

明神の岬から月ノ浦、袋あたりの海では魚たちがでんぐり返って浮かんでいて、カラスや水鳥やブタを養っていました。魚を食べたキツネやタヌキたちも死にました。その不知火海は地理的にも日本の下腹部のようなところです。そこから、消費社会・競争社会、人食い文明を照らし出そう、と。

（「新作能『不知火』とミナマタ」、『全集』第一六巻）

能であれば、一度深く掘り下げた人間の感情を抜きとって様式化でき、なおかつ文明批判もできる。亡くなった人々や生き物たちの魂を浄《きよ》めるには、表現として能に行きつくと道子はいう。さらに呪術的、神話的な芸術表現に関してこのような発言もある。

一人一人、人間——人間に限りませんけれども、生命たちは、それぞれ物語の記憶を潜在意識としてはみんな深く持っているけれども、痕跡もないくらいに失われてくると、思い起こすためには、何かイメージを、呪術的な要素を含む芸術表現として提出しないと思い出せないようになっておりますよね。

（「石牟礼道子さんに聞く」、『全集』第一六巻）

魂が希薄になっている現代人が本来の在り方を思い起こすためには、呪術的な神話の力を借りなければ、もう芸術は立ち行かないところまで来てしまったということだろうか。道子の『不知火』もまた伝統的な能表現にのっとって、死者たちが甦る構成になっている。水俣で死んでいった死者たちを呪術的な表現で甦らせることで魂の深いところに訴え、生きている側の人間たちに、より強い悔恨と哀しみを呼び起こすことができるのも能の力といえるだろう。

新作能『不知火』を観たときは、まず言葉の強さに圧倒された。この世の異変を告げる地謡の語りが鬼気迫って観るものに突き刺さってくる。

ことにもヒトはその魂魄《こんぱく》を己が身命《しんめい》より抜きとられ、残れる身の生きてはをれど、ただぞろめきゆき来する悪霊《あくりやう》の影たるを知らず。かかる者らの指先がもてあそび創《つく》り出《いだ》せし毒のさまざま、産土《うぶすな》の山河《やまかは》、はてはもの皆の母なる海を妖変《えうへん》させたること、生類の世はじまつて以来一大変事、ほとほと救ひ難し。（上演詞章）

人の中から魂がいなくなってしまっているのに、それに気づかない人たちが、指先で弄ぶようにさまざまな毒を作り出して母なる海に流してしまった。自分が拠り所にしている国土であるのに、そのことも忘れて壊していく。なんと救いがたいことだろうかという嘆きが舞台にとどろく。この言葉のあとに不知火（海霊《うなだま》の宮の斎女《さいじょ》、竜神の姫）の狂う場面があり、その怒りや悲しみがより切実に見るものに訴えかけてくる。この心に迫る訴えは、東京電力福島第一原発の事故のあと、その意味がさらに深まっている。魂の抜けた人間たちが創り出した毒素（放射能汚染）が、福島の山河、母なる海を崩壊させてしまった。『不知火』は水俣のことを描いているが、この社会は同じことを繰り返している。この先もまた同じことを繰り返すであろうことは十分に予測できる。石牟礼道子の言葉は、近代が繰り返していることの中に、いつも強く深く入っていく。

物語は受難の道行きへと展開していく。毒によって侵された瀕死の大地と海を人間が滅びる前に浄めなければならないと、竜神の姫・不知火と、その弟神・常若《とこわか》が、陸からも海からも人間たちがまき散らした毒をさらって死んでいく。そこへ隠亡《おんぼう》の尉《じょう》（じつは末世にあらわれる菩薩《ぼさつ》）があらわれ出でて、この不憫な姉弟を祝婚させて救済、鎮魂する。死にゆく二人に、もし来世があるならば夫婦神として甦れよと、祝福を与えるのである。

と、ここまでは従来の能のストーリーの定型をたどっているように見えるが、道子の作品は亡くなった魂を鎮魂するだけに終わらない。その後からが、道子の世界の真骨頂ともいえる。

異国の神さまである怪神・夔《き》が、突如として舞台に登場する。この蒼《あお》い顔をした奇怪な神さまは中国『山海経《せんがいきょう》』に出てくる木や石が化けたもので、その皮をとって太鼓にすると四百里四方に聞こえ、さらに叩けば百獣が舞い出てくる歌舞音曲の神さまでもあるという。『山海経』「大荒東経」にはたしかにこうある。

> 東海の中に流波山あり、海につきでること七千里、頂上に獣がいる、状は牛の如《ごと》く、身《からだ》は蒼くて角がなく、足は一つ。これが水に出入するときは必ず風雨をともない、その光は日月の如く、その声は雷《いかずち》のよう。その名は夔。黄帝はこれをとらえてその皮で太鼓をつくり、雷獣の骨でたたいた。するとその声《ひびき》は五百里のかなたまで聞こえて、天下を驚かせたという。
>
> （『抱朴子・列仙伝・神仙伝・山海経』中国古典文学大系8、平凡社）

ここには、「木や石が化けたもの」という記述はない。その記述は『国語』（中国の古典で、「語」とは会話のこと）の中の「魯語《ろご》」（魯の国でかわされた重要な会話、の意味）に書かれている。魯の季桓子《きかんし》という執政が言う。「わたくしが井戸をほったら、いぬが出てきました、これは何ですか」。それに、仲尼《ちゅうじ》（孔子）が答える。「それは羊です。わたくしはこのように聞いております、木石の妖怪は、夔と蝄蜽《もうりょう》と言い、水の妖怪は、龍と罔象《もうしょう》と言い、土の妖怪は、羵羊《ふんよう》と言います」(『国語 上』新釈漢文大系66、明治書院)と。夔が木石の妖怪であることを、孔子が魯の執政に告げている。

しかしここには、夔が歌舞音曲の神であるという記述はない。それは『書経』の舜《しゅん》帝に関するくだりに出てくる。舜は言う。「夔よ、汝に音楽を典《つかさど》り、若者に教えることを命ずる。(中略)八音がよく調和し、しかも調子はずれになることがなければ、音楽によって神と人とが和合するであろう」と。夔はそれに答え「ああ、わたくしが、あるいは石の楽器を高くうち、あるいは石の楽器を低くうって音楽を奏すると、百獣までも舞います」(『書経 上』新釈漢文大系25、明治書院より。表記は改めた)と。しかしここには夔が石木の妖怪であるとは書いていない。これら別々の記述をまとめて紹介しているのが、白川静の『字統』であった。道子は白川静の本でこの夔の存在を知り、並々ならぬ関心を持っていたという。白川が夔の項目に記述したすべての面を、一体化したのである。

クライマックスの最終場面、道子が古代中国から呼び寄せた夔が、水銀にまみれた石を打ち鳴らすと、歌舞音曲に乗せて、水俣で狂い死んだ猫たちが胡蝶《こちょう》となって舞いもどり、森や海底に眠っていた百獣たちがこの世の隅々から舞い出てくる。鼓と笛と太鼓が鳴り響く中、水俣で無念の死を遂げた人々も、隠亡さんもみな一緒に踊って、舞台は生命の息吹で騒然となる。

生命たちへの格別な思いが込められた、まさに道子の世界である。こんな能を見たのは初めてであった。また、能を見て、楽しいと感じたのも初めてだった。やや不謹慎にも聞こえるそんな感想を道子に告げると、楽しかったと言われたのは初めてだと言って喜んでくださった。この新作能に関して能の業界の人々は違和感しきりだったと聞いて、それはそうかもしれないと相槌《あいづち》を打ちつつも、道子の『不知火』は、伝統的な能以上にその力を発揮した作品ではなかったかとあらためて思った。能はそもそも物真似や歌舞音曲を含んだ散楽、寸劇、猿楽、田楽、曲舞《くせまい》などが統合されていって出来上がったジャンルである。深く心を打たれ、そのことによって楽しさを感じるのであれば、まさに能を見たことになる。

舞台でとくに印象的だったのは、コロス（語り手）が、魂を表現する円形のもの（魂の灯）を両手に持って、右に左に打ち振る動作であった。魂の灯がゆらゆらと動くのは、あの世とこの世を動きながら行き来している象徴である。この章の初めに太古の人々が祭りの場に不可欠な「流動性」の象徴として、河原から山に石を運んだ話を書いたが、道子の新作能にもあの世とこの世をつなぐ魂の流れがある。

道子のまなざしは、水俣で亡くなった死者だけでなく、海のもの陸のもの、あらゆる生き物たちに注がれ、そして道子自身もまたその流れの中を行きつ戻りつしているのである。

行きつ戻りつしているのは、生者と死者、あの世とこの世、海のもの陸のもの、人間と動植物の境だけではない。「かつての不知火海」と「今の不知火海」の間の断絶された時間をも、行き来しているのだ。

『不知火』の冒頭、はじめてコロスが出現したときに、次のような言葉が語られる。

頃は陰暦八月八朔《はっさく》の夜、幾十条もの笛の音《ね》去りゆくやうにて風やめば、恋路が浜は潮満ち来たり、波の中より光の微塵《みぢん》明滅しつつ、寄せうつ波を荘厳《しやうごん》す。（上演詞章）

そして海の底から不知火があらわれる。その姿を見て隠亡の尉は言う。「夜目に影とも光とも、潮に濡《ぬ》れたる髪の裳裾《もすそ》めくを曳き、夜光の雫《しづく》の玉すだれ、みるほどにあやにかそけき姿かな」。その声を聞いて不知火が言う。

八朔は満潮の波にして、昔恋しき恋路が浜にやうやう辿《たど》りつきはべりし。（中略）幼き頃、それ橘《たちばな》の実ぞ、それ緋扇《ひあふぎがひ》貝ぞと手にとらせて遊び下されし、かの頃に帰らんとて、波の間の橘の香のあはひをやうやう来し。（同）

『不知火』の制作責任者をつとめた能のプロデューサー、土屋恵一郎によるインタビュー(「石牟礼道子さんに聞く」)で、道子は「八朔潮」について語っている。旧暦八月一日(二〇二〇年は新暦九月一七日)を八月朔日というのだが、旧暦では一日は常に新月で、月が出ていない。つまり暗い。そして満潮になる。その海には実際に夜光虫がいて、子供たちが泳ぐと体に付いて光っていたという。魚にも夜光虫がくっつき、その光で魚が見えるので、矛を持っていって魚をつく。地謡の「波の中より光の微塵明滅しつつ」と、隠亡の尉が語る「夜光の雫の玉すだれ」とは、そのことなのだ。幻想なのではなく、かつての不知火海の実際の光景なのである。

三月の節句のころの大潮のときには、みんなで貝を拾いに行った。エビ、カニ、小魚、そして海藻が磯辺に盛り上がる、という。布海苔《ふのり》、天草、ひじき、わかめ、色とりどりの海藻が毛《もう》氈《せん》のように盛り上がる。それを道子は、「原初の海だった」と表現した。

土屋も、最初に作品を見たときに「二つの世界が重なって見えました」と語っている。二つの世界とは「かつての不知火海」と、「死滅した今の不知火海」である。

石牟礼道子の世界とは、単に人間の罪を断罪するための世界ではない。そのことは、私が大学一年のときに『苦海浄土』を手にした際に、もっとも心を打たれたことだった。そして大学教員になったのちに授業の中でたびたび『苦海浄土』を朗読したのだが、きまって読んだくだりは、第一部「苦海浄土」（『全集』第二巻）の第四章「天の魚」の中の「海石《うみいし》」に書かれた、杢太郎《もくたろう》の爺さまが漁師としての自分の生活を語るくだりであった。

「わしども漁師は、天下さまの暮らしじゃあござっせんか」と語り始めるその日常は、まさに天上の暮らしなのだ。天がくれた魚を獲りに「かか」と海に出る。海水で米を炊き、焼酎を飲みながら釣ったばかりの魚の刺身を食べ、そうしながら漁をして一日を終える。その日常がとぎれることなく、自然の恵みの中で続いていた。経済的な富裕ばかりを追い求めて毒をまき散らした戦後の日本に、「本当の豊かさとはなにか」を、『苦海浄土』は突きつけたのである。

太古から江戸時代を経て戦前まで続いていたその自然の豊かさは、戦後日本の経済発展の中で崩れていく。経済は発展するのに豊かさが失われていくとは、いったいどういうことなのだろうか？　それは、近代の夢想した豊かさが、自然の豊かさを食いつぶすことによってしか実現できないものだった、という意味なのだ。そのことは水俣事件を経過しても変わりはしなかった。東日本大震災を経験しても、変わりはしなかった。生まれる場所が少し違えば、私は胎児性水俣病患者だったかもしれない、という世代だ。つまり江戸時代の人々の知っていた海や山も、道子の体験した海や山も、知らないのである。残念でならない。戦後の環境の中で、さまざまなアレルギー症状をきたしながら生きている。そして道子もまた、埋め立てられた不知火海が、埋め立てによってなにかが解決したわけでないことを、十分に知っている。いまの不知火海は見かけ上はきれいだが、海の底に廃棄物やナイロン漁網や農薬や家庭排水が入り込んでいることを、土屋恵一郎との対談の中で述べている。周知のように、海の実態はそれどころではない。プラスチック・スープといわれているように、目に見えるプラスチックから、目に見えないマイクロ・プラスチックまでが、海に広がっている。なにが起ころうと、なにも乗り越えられないまま、日本と世界は、新型コロナウイルス蔓延後の不況のただなかに、入っていこうとしている。

怨から祈りへ

二〇一二年に発表された戯曲『沖宮《おきのみや》』が、道子の敬愛する染色家・志村ふくみの協力を得て、能作品として舞台化されたのは、二〇一八年一〇月のことであった。道子と長年親密な交流をしてきた志村ふくみは草木染の人である。志村は、草木から染料を採るとき、「いのちをいただく」という表現をした。道子と同じように、生きとし生けるものへの敬意を常に持っている人である。その志村に、天草四郎の着る「天上の青」水縹《みはなだいろ》色と、あやの「天上の紅」緋《ひ》色《いろ》の衣を託したのは、全幅の信頼があってのことだろう。

しかし、道子の「言葉」と、志村の「色」が織りなす華やか、かつ幽深な能舞台の実現を楽しみにしつつ、その舞台を見ること叶わず、その年の二月に道子は逝ってしまった。

新作能『沖宮』は『不知火』をさらに深化させた作品で、テーマはやはり死と再生の物語である。干ばつに苦しむ村のために、雨の神である竜神のいけにえとして差し出されるのが、天草四郎の乳母の娘（もともとは竜神の姫）あや（五歳）である。四郎にとって、あやは乳兄妹の妹ということになる。

緋の衣をまとったあやが舟で沖に出ると、天がにわかにかき曇り雷鳴がとどろいて、雨が降り出す。そこに天の青を思わせる水縹色の衣の四郎があらわれる。そこからあやと四郎、妣《はは》なる海底の国・沖宮への道行きが始まる。亡霊となってあらわれた四郎の懐かしい姿に、思わず「兄《あん》しゃまあ」と声を上げるあやは、巡礼親子に魂の半分を託した幼き道子の分身を思わせる。

四郎はやがて。あやの手を引き。むごきこの世を離れて今は。浄土の海の光の凪《な》ぎに。

（中略）
命の秘花はよみがへり。生死のあはひ。まぼろしのえにしに。
われらが縫ひし緋の衣。海底にゆれる林を。ただ一輪の華となりて。
いのちたちの大妣《おほはは》の。おらいまする沖宮へ。道行きははじまりぬ。
（新作能『沖宮』DVDブック、求龍堂）

道子との対談では、『不知火』から『沖宮』にも話が及んだ。天草四郎の登場する『沖宮』には、当然、背景に『春の城』がある。三万七〇〇〇人もの死者を出した島原・天草一揆のあと、あやが預けられた天草・下島では干ばつが続いて雨が降らない。雨ごいをしなければならない。そこで、すでに乳母夫妻もなくなって天涯孤独の娘あやが人柱にふさわしいと選ばれる。村人たちは幼い娘に「美かところにゆくげなぞ」と言って、涙ぐみながら緋の色の着物を一針ずつ縫い、その衣を着せて娘を舟に乗せる。

そんな展開を聞けば、四郎との美しい道行きシーンがあっても切なく悲しい物語のように思える。しかし、この物語に込めた道子の思いは「死」よりも、むしろ「再生」と「復活」の方に向いている。

雷鳴がとどろき、あやの乗った舟に稲妻が当たるが、稲妻というのは豊作の予兆なのだという。もはやあやは人柱ではなく、舟は来年の豊作を呼ぶ雷に打たれ、竜神の姫に返った娘は華となって、四郎と手に手を取って、生命の宮のある海底へと向かう。

「なぜここで緋の衣にしたかというと、緋の色というのは生命の象徴というか、永遠の霊力をあらわすと思うものですから」(『毒死列島 身悶えしつつ─追悼 石牟礼道子』)

死の世界からこの世にあらわれて語り、また戻っていくのが能の構図であるが、道子の新作能は、死者を救済して終わりではない。『不知火』も『沖宮』も、死の世界を描きつつも、朽ちることのない生命の光を、我々に告げ知らせることの方に重点が置かれる。

『不知火』では、毒素をまき散らした救いがたい人間界を批判しつつも、最後には死んだものも生きているものもいっせいに飛び出してきて、混然一体となって舞い踊る。『沖宮』では、生命を育んだ母胎の海に帰る四郎とあやの表情は満ち足りている──そこに見えるのは闇の奥に息づく光であり、再生への祈りである。

道子が再生を願うのは、無念を抱えて死んでいった人たちばかりではない。原の城に籠城した人たちが死の間際まで愛でていた虫や鳥や動物、海のものも草木もすべてが再生し、水俣に転生する姿を念じて、道子はこの新作能に託したのだ。

竜王島を舞台にした『おえん遊行』（一九七八〜七九年）を発表したあとで、水俣の転生に関して、「闇の中からその魂をひきあげなければ、残りの仕事をするその奥の方が見えてこない」（「『おえん遊行』をめぐって」、『全集』第八巻）と、道子は書いている。考えれば、道子のどの作品にも、その思いが強くあふれている。どうすれば闇の奥から魂を引き上げられるか。考え抜いて、辿り着いたのがこの、神話的な能の世界であった。

新作能『沖宮』に関し水俣の人々や一部の識者は、これは水俣の物語ではないと関心を示さなかったというが、それは違う。『不知火』は、能における『苦海浄土』であるし、『苦海浄土』は時空を超えて『春の城』につながっている。『沖宮』は、その『春の城』の続編である。第二章で書いたように、道子の中では天草事件と水俣事件は同じ地平にあり、四郎をはじめ、島原・天草でいのちを落とした人々の転生は、そのまま水俣で亡くなった人々の転生へとつながっている。

対談で、道子は、『沖宮』に登場させた天草四郎について、「天草四郎は恋をした経験がないだろうと思って」と、私に語った。道子にとっての四郎は、乱を率いて神格化された英雄などではなく、他者の不幸に身もだえする一六歳の生身の少年である。三万七〇〇〇もの人々が虐殺されたあとの城跡は、死体を始末する者もなく、一時は青蠅《あおばえ》で地面が見えなかったという。

その中を野犬が死体を引きずって食い荒らす。やがて青蝿が去り、骨が朽ちて大地に帰り、草が生えるまで、どのような日夜であったかと思いをはせていたときに、ふと『沖宮』の物語の輪郭が見えたのだという。

『沖宮』への創作意欲は、決して絶望の死の風景のままには終わらせないという道子の意思である。天草で死んでいった人々の魂を引き上げることは、そのまま水俣の人々の魂を引き上げることにつながる。日照りの田畑に雨が降って来年の豊作が予見され、四郎が転生して恋をすることは、道子の水俣再生への願いであると同時に、失われゆくいのちを復活させたいという強い思いが込められているのである。

道子がこの世を去った後、熊本の水前寺成趣園能楽殿にておこなわれた薪能『沖宮』を観て、渡辺京二は、「なにかいっぱい来ておるような気がした」という感想を漏らしたという。それは、幼いころ、道子がおもかさまと一緒に戯れた精霊たちかもしれない。道子のいう「万物が呼吸しあう世界」に精霊たちは棲む。道子の創り出した荘厳な物語に、いのちの気配を感じてひたひたと寄り集まってきたのではないか。

「死ぬことは死ぬばってん、私どもは死なんもんなあ」

道子が能作品を書こうと思いたったのには、もう一つ深い理由があった。水俣闘争を一緒に闘ってきた患者さんたちとの魂の交流ともいうべきつながりである。

五〇年あまりの闘争の中で、次々と仲間が旅立っていき、ただでさえ病魔に蝕まれている患者さんたちの体力も尽きかけていた。それでも患者さんたちと加勢人たちは集まって、この先のことを話し合っていた。もう運動自体が表現する力を失い、どんなふうに働きかけようかというのは、彼らの大きな課題であった。政府に働きかけたり、行政に頼んだり、知識人や文化人にお願いするのは、もはや期待薄であることは目に見えていた。すると、あるとき、緒方正人氏から自分たちの生活をとおして、「元の命につながることはできんだろうか」という発言があり、その言葉に道子は深く感銘を受けたという(「救いとしての本物の美―新作能『不知火』に託される思い」、『全集』第一六巻)。緒方正人氏は、水俣病で父親を失い、自身も水俣病になるなかで、国や公害企業と独自の闘争を広げた活動家だ。手づくりの舟で熊本から東京まで行き、『チッソは私であった』という本も著した。

自分も苦しい息をしているその緒方氏が、五〇年かかって水俣病がここまで来ているのだから、あと五〇年かかって子の代、孫の代に伝える、そこを手がかりにしてやっていこう、「人を変えようと思ってはいかんばい」（同）というのである。人は変わってくれない、まずは自分がなにか一つ踏み越えてみせなければいけないと。「俺は立場を変えればチッソと同じやったかもしれん。従ってチッソも救われんことには、患者も救われん」（「能『不知火』百間埋立奉納に当たって」、『全集』第一六巻）と、彼は言い切った。

水俣病の語り部であり、道子とも親交の深かった杉本栄子氏も、次のような言葉を残して二〇〇八年にこの世を後にした。

「昼も夜も祈らんば、生きておられんとばい。人間の罪、わが身の罪に対して祈っとばい」（同）いずれも一族から多数の患者を出し、艱難《かんなん》辛苦を生きた人の言葉である。それを聞いて、道子は「人間は、ありえないような苛酷な運命の中で、かくまで気高くなれるのかと思」（同）ったと述懐する。受難者たちを最初に取り囲んだのは、この地に住む同じ市民であった。昼間から患者たちの住む家々に石を投げ、「患者らは麦飯に水銀かけて早う死ね！」（「いま、なぜ能『不知火』か」、『全集』第一六巻）などと書いたビラをまき散らした。道子は、水俣病の人たちは現代の「人柱」であったという。

水俣の患者さんたちは、全存在を奪われ、海も空も、言語も奪われたにもかかわらず、相手を殺すことを考えつかなかった。決定的な治療法もなく、日々苦しみ続けて……。生まれたときの姿のままの胎児性患者さんもいる。亡くなった方を解剖すると小脳などはハチの巣状態になっている。にもかかわらず「ひとさまに二度とこういうことがないように」と、人類の受難を引き受けた気でおられる。（中略）患者さんにお目にかかるたびに感動しています。雄々しく、気高く目の前にいらっしゃるのを書き残さなければ、と思いました。（中略）この能がきっかけになれば、と思っています。

（「新作能『不知火』とミナマタ」）

この気高く荘厳な魂をどう表現するか。そう考え、神に奉納する能を思いついた。新作能に登場する神々、人間のすべてに患者さんたちの面影を宿していると道子は語る。彼らとの心の絆を祈って、「あたうかぎり美しく荘厳に仕上げました」（「いま、なぜ能『不知火』か」）と。

「死ぬことは死ぬばってん、私どもは死なんもんなあ」

これも患者さんたちから道子がよく聞いた言葉である。その意味は、こんな悲惨な目に遭って死んでも死にきれないという怨の言葉ではない。

「誰も引き受けはできんとよ水俣病は」

「誰にも水俣病は引き受けさせちゃならんけん、私どもが引き受けて行くとばい」

自分たちが人間界の毒を引き受けて行くけれども、魂は決して死なない。「私どもは生き返らんばならんもんな」という気持ちから出た言葉である。

これは大変なことを聞いていると、道子は心が震えたという。海からも陸からも毒をさらって死んでいった『不知火』の姉弟は、そのまま患者さんたちの姿でもあったのだ。彼らの肉声に「復活」や「再生」という言葉は使われてなくても、一度死んで生まれ直して戻ってこようという強い思いがそこにある。

アニマとはなにかと聞かれて「たびたび死ぬからこそ蘇って、永遠なるものになってゆく」(『完本 春の城』)と道子は答えた。ただならぬ覚悟を持つ彼らの魂は、まさにそのアニマのように思える。

道子は晩年、人のゆけない道を歩いてきた患者さんたちが、しだいに神に近い存在になっていく、と言っていた。彼らとの数十年にわたる「道行き」もまた人のゆけない道である。「非《かん》人《じん》さん」となって共に路上に座った絆は強い。世の中の水俣病への記憶が薄れるほどに、これまでに亡くなった人たちを含めて、このまま死なせてなるものかという、道子の再生への祈りは深まっていったのではないかと思う。

石牟礼道子と対談した福島のこと

私が道子と対談したのは、東日本大震災の傷がまだ生々しく残る二〇一二年の八月のことである。震災の起こった三月一一日は道子の誕生日でもあった。米本氏の『評伝 石牟礼道子』の講演記録によれば、道子は入院中で、テレビに映る燃える大地を見て、「人間は虫だったんだ、虫とおんなじなのだ」と思ったという。人間も虫と同じように卑小なもので、人間の力では自然はどうにもならないという無力感だろうか。

しかし、震災と同時に起こった原発事故は、まさに近代文明の起こした人災といわざるを得ない。政・官・民が癒着して作り出した原発の安全神話は崩れ、広大な国土が汚染された。故郷を奪われた人々は離散し、いくつもの共同体が失われた。「己《おの》が産土《うぶすな》の国土とも知らで、これを損傷し壊死《えし》させてやまず」という『不知火』の一節が再び胸に迫る。

「昔チッソ。いま東京電力」と言った人がいたが、一度拡散した毒は容易には消えない。道子の言うように水俣はいまも事件を引きずっており、福島に至っては汚染物質の危険がなくなるまでには気の遠くなるような年月がかかる。汚染土や汚染水の処理の限界も見え始めている。

被害に遭った人々が移り住んだ先では、大人や子供にかかわらず、差別され、いじめという排除を受けてきた。水俣と同じである。失敗に学ばず、人間は同じことを繰り返す。

水俣病の人々のもだえ神となり、さらに齢《よわい》八〇を過ぎて福島の惨状を目の当たりにした道子は、この日本を「毒死列島」と呼んだ。この毒をさらってくれる神々が、この日本にいま、存在するのだろうか。福島の原発事故後、「天の病む」は、よりいっそう深刻化したように思える。道子がそんな福島をどう考えるか、聞きたかった。

以下のやりとりは、第一章でも記した対談の二日目に道子と話した福島のことである。

塩を吸って生きる木

田中　震災後、福島原発からはたくさんの放射能が海に流れました。原発事故のことは、どうお感じになられましたか。

石牟礼　水俣よりもっと深刻になりゃせんかと思いましたね。有機水銀の場合は、結果的に人体実験になりました。放射能汚染でも人体実験が始まるのではないかと思います。

これから先、どういうことになるのか、予測がつかないですね。

田中　水俣の場合も水銀だけではなく、いろんな重金属が廃水されたわけですよね。

石牟礼　複合汚染ですね。

田中　放射能の場合も、いろんな核種がありますから、どういう症状が現れるのか分からない。がんや白血病だけでなく、心臓病や脳梗塞だって起こる可能性があると聞きます。

水俣病以上に、因果関係を調べることが難しくなると思います。

石牟礼　水俣病の場合、因果関係を実証できるかどうかが裁判の争点になったわけですが、今調べようと思えば分からないことはないと思うのです。チッソの技術者たちは口を閉ざしていますから。ご高齢で、だんだん死んでいかれています。

病気も、発症する人と発症しない人がおり、その人たちが亡くなる年齢にさしかかっております。

今のうちに国や県がその気になって調べようとすればできるはずです。どういう材料をどのくらい使ったのか。どういう種であるのか。市民にはまったく分からないんです。工場の労働者にも、分かる人は一部だったと思います。

田中　昭和の初めにアセトアルデヒドを生産していますね。セレン、タリウム、マンガンが人や猫の臓器の中に発見されたと、石牟礼さんも書いていらっしゃいます。

石牟礼　はい、それがどういう物質であるのかは分からない。説明しようと思えば技術者にはできるはずなのですが。

田中　できるはずです。

石牟礼　経済成長という国策の中で大増産をし、成績を上げることは自分たちのお給料も上がることでしたから、発表はしなかったのでしょうか。今からでも調べられると思うのですが。

田中　チッソが隠していることは沢山あるわけですが、東京電力も多くのことを隠していると思います。隠し通すことで、原発の再稼働ができると思っているのでしょう。

石牟礼　聞いてみたいですね。思っててもそうは言わないでしょうが。

田中　石牟礼さんが何十年ものあいだ患者さんに寄り添って書いてこられて、またそれが、近代化の問題だとずっと書いてこられて、それなのに同じようなことが起こってしまった。それを克服しようという風にならないですね。

石牟礼　ならないですね。

田中　私たちは一体どうすればいいのでしょうか。毎週金曜日に首相官邸前でデモをやっていますが、それで心を入れ替える人たちではないと思うのです。

これから大人になっていく人たちが、価値観をどう変えていけるのか気になっています。石牟礼さんもずっとお書きになってきたし、私も書いていますが、そういうことをもっと強く言う人や書く人が増えていかないと、現実は変わらないですね。
石牟礼　変わらないですね。この近代一〇〇年は。最近、俳句をつくりました。

毒死列島　身悶えしつつ
野辺の花

田中　すごい句ですね。本当に毒死列島になっていると思います。たぶん、私たちが知らないような毒も……。
石牟礼　すごいと思いますよ。食品添加物もそうですし。
田中　農薬もそうですね。
石牟礼　洗剤もそうです。
田中　どうやったら毒死列島から脱することができるか、ずっと考えています。
ところで、石牟礼さんは山口県上関《かみのせき》の祝島《いわいしま》にいらっしゃったのは、桑の木を見にいかれたと、『常世の樹《き》』に書かれていましたね。そのとき祝島はどんな島でしたか。
石牟礼　水の問題を考えるため、川の源流を訪ねたいと思ったのです。川の、水の源流は木だと思って、だから木も見たいし、渚という生命が行ったり来たりするところも見たいと。渚には海の塩を吸って生きている木があると聞いていました。実際に、塩を吸って生きている木があるのです。

田中　枯れてしまいそうな気がしますが。あるんですか。

石牟礼　あるんです。天草にも水俣にもあると思います。

海のそばに行ってみましたら、まるで苗を育てる田んぼのように、渚に小さな木が生えているんです。親の木があって、その枝から降りた木根というのが、枝の先から波の中に降りていっているのです。沖縄の渚で見ましたがそこからまた木が、苗が生えてきているのです。そんな風景は初めて見ました。

田中　海辺にそういう植物があって、少しいったところに松林のようなものを作ると、津波に強いらしいのです。津波の速度が減速するんだそうです。そういう植物を全部切ってしまっていた。

石牟礼　コンクリートにしてしまっていたんですね。渚は、呼吸ができなくなりました。

田中　コンクリートの堤防を作れば、津波を防げると思いこんでしまった。林を切ってコンクリートにしたのが間違いだったと思います。

石牟礼　間違いも間違い。木や葦《あし》など、渚に生える草木がたくさんあります。それで海から丘へのぼる川というのもありますが、もっと小さな川が渚にはたくさんあって、木々の中を上り下りしている。水の精というのか……。渚の木が、川の源流なのだと。源流に包まれている日本列島というのを書きたいと思っていたのです。

田中　それを探して祝島に。

石牟礼　はい。

田中　今、祝島では石牟礼さんと同じ世代の方たちが中国電力上関原発の建設に反対して、毎週月曜日にデモをやっています。とても面白いところだなと。私はまだ行っていないのですが、鎌仲ひとみさんという方が良いドキュメンタリーをお作りになりました。祝島がどんなに豊かな島か、とてもよく分かるんです。反対運動をしているからではなく、祝島の豊かさが伝わるんです。

　島では、牛や豚を放牧しています。

石牟礼　豚を放牧している。それは愉快ですね。

田中　海藻も豊かで、島人は海藻を採っています。名産はびわです。たくさんの実が成ります。農産物も養豚も海藻もあって、太陽がさんさんと降り注ぎ、太陽光発電をやろうという人たちも出てきています。

当然、自分たちの目の前に原発ができると、この豊かさがなくなってしまう。だから反対する。この島を子孫に残したい。そのために反対運動をしているんです。

反対運動というのは反対するために反対するのではなく、何かを残したい、原発による経済発展よりも、こっちに本当の豊かさがあるんだと、そういうことがあって初めて運動って意味を持つと思うんです。

石牟礼　運動の中には運動家がいて。

田中　運動のために運動している（笑）。

石牟礼　オルグしてまわって（笑）。それはまあ……半分困るような。海と陸は呼吸しあっているんだって、少し分かってからやってほしいなとは思っていましたが、やりながら途中で気が付いてくれればいいのですが。

田中　気が付いてほしいですね。何のための運動かと。

チッソ社長の顔に落ちた川本さんの涙

田中　『苦海浄土』の中で心を打たれたのが、杢太郎くんのおじいさんが海の話をするところです。あそこを例に挙げる方はたくさんいらっしゃいますね。海の上で一日を過ごすことがどういう日常なのか。「東京の人たちはぐらしか（可哀想《かわいそう》）。腐った魚を食べている」って。船の上でご飯を炊いて。

石牟礼　海の上で炊く飯がどげんうまかことか。ほんのり潮の味のして。私も海の潮で炊いた飯を食べたことないんです。でも、水俣の海の潮では炊きたくないですね。

田中　かつての水俣の海ではそんな風にして過ごしていたわけですね。

石牟礼　そうですね。

田中　『苦海浄土』にも、その豊かさがあります。水俣の海が持っていた豊かさと、それが壊されていくところの、両方が描かれています。この二つが、私の心の中に入ってくるんです。とても強い文章だなと思いました。

祝島もそうですし、素晴らしい場所ってたくさんあるんだなと。

石牟礼　たくさんあるのでしょうね。まだ助かっている場所が。

田中　年表を作りながら面白いなあと思ったのですが、原発は、水俣病事件と並行しているんです。

水俣病が公式確認された一九五六年は、原子力委員会が発足した年です。政府が水俣病を公害だと認定したのが一九六八年で、前年の六七年には福島第一原発の建設がはじまっています。原発の建設も、チッソと同じように、国策の下で生産量を増やすためでした。

同じ価値観で、ここまできてしまいました。破綻することを知っている人もいたのでしょうけれど、何のために、誰のためにやっているのか。一部の人が「得」をするのでしょうね。

石牟礼　そうなのでしょうね。

二〇〇九年に水俣病救済特措法が国会で通りましたが、この条文を作った官僚の人たちには人情というものが欠けていると思います。訴訟をしないと約束しないことには救済してやらんとか、四〇年も前に魚を食ったことを証明するものがないと救済してやらんとか、情がないとしか言えません。

田中　『西南役伝説』の舞台は、前近代（江戸時代）から近代に移り変わる時です。前近代の人たちが訴えたかったことを、近代はさらに捨てた、捨てて顧みなかったと書かれています。

石牟礼　あら、そうでしたか。

田中　石牟礼さんがお書きになっています（笑）。すごい言葉だなと思いました。

（『毒死列島　身悶えしつつ―追悼　石牟礼道子』）

生まれ変わる力があれば

近代に入って、得たものと失ったものをあらためて考えてみると、失ったものばかりが浮かんでくる。人間が手を合わせたり、もだえたりする姿はとんと見なくなった。利便性と個の利益ばかりが優先され、道子のいう徳義や人情というものは失われて久しい。

絶望や滅びを体験して初めて人は「大切なもの」の存在に気づけるという。石牟礼道子の文学には、『春の城』をはじめ、焰《ほのお》に包まれて滅びゆく物語がいくつもある。『天湖』では、まるごと一つの村が沈んでしまった。沈んでしまった自分たちの故郷を偲《しの》び、村人たちが沈む前の村を桃源郷のように語るくだりには、悔恨と祈りがないまぜになった複雑な村人の心境が透けて見える。『天湖』を書いた後、「一度沈めてみなければわからないと思いまして」と、道子は言った。

石牟礼道子の文学は暗く重いという人は多い。そこには絶望しかないと。しかし、そうだろうか。私はそうは思わない。道子の作品には、絶望や滅びを描く傍らで、常にいのちの物語が息づいている。どんな災禍の渦中にあっても、季節をめぐる自然描写は瑞々《みずみず》しく、花や虫を愛で、傷ついた人の背中をさする情愛ある人たちが登場する。そのいのちが無残に殺されても、ときを経てやがて復活するいのちの予感がある。

絶望している人に文学は書けない。新作能に取り組んでいた晩年、道子はこう語っている。

私にはもともとニヒリズムの傾向がありまして、ついつい終末からものごとを考える。日本も行くところまで行かないと、目が覚めないのかも知れない。それで復活できないのなら、それだけのものでしかなかったということだろう、と思わなくもない。でもやはり、そうなってほしくない、と祈るような気持ちはございます。

（「倫理観や信義はどこに」、『全集』第一六巻）

「滅び去った後に生まれ変わる力があれば――」という道子の祈りはどの作品にも共通して読み取れる。新作能ではより鮮明にその祈りのかたちが表現された。

競争に明け暮れ、国土を汚すことになんの罪悪感を覚えぬ人々のことを、「魂の抜け出てしまった人間」と、道子はいう。苦しい息をしながら路上に座った水俣の患者さんたちは、「都会の人は魂がなかかもんなあ」と嘆息した。いまの日本は、終末を座して待つしかないようにも思える。

津波の話で、コンクリートの堤防を作り、「渚は、呼吸できなくなりました」と道子は語った。幾度となく道子の作品に登場するアコウの木は、海からも陸からも養分を吸って渚に立っている。『おえん遊行』ではその木の下でもだえ神が祈っていた。渚は海の呼吸が陸に上がるところであり、陸の呼吸が海に行くところである。渚は行き来する生命で結ばれている。その場所がコンクリートになってしまっては、生物は息ができない。海と陸の生類を見守るように立っていたアコウの木が立つ場所は、いまはもう消えつつある。

まさにいま渚を失おうとしているのは、沖縄の辺野古《へのこ》であり、石垣島・宮古島の離島である。米軍基地ばかりでなく、自衛隊基地の要塞化による自然破壊が加速しているのだ。日本は再び沖縄の離島を捨て石にしようとしているのか。自衛隊基地では「対中国」のミサイル配備が急速に進められているという。石垣島では私の教え子が石垣市議となって、住民投票をはじめ、自衛隊基地の是非を問う運動を展開しているが、いまや闘う共同体が存在するのは沖縄だけではないかと私は思っている。

しかし、闘えど闘えど、「えらか人は言うことを聞かんばい」と、道子さんのように思う。一時期、「レジリエント＝復元する力」という言葉がよくいわれるようになり、一度ダメになっても復活する力をつけていこうという気運が高まった時期もあったが、日本の政府が最先端で破壊をしているうちに、そういう言葉も聞こえなくなった。

いのちの声の代弁者として

私は、一八歳のときに初めて石牟礼道子の『苦海浄土』を読み、強い衝撃を受けた。それは水俣病にかかった人々の苛烈な現実を知ったショックばかりではない。心の奥底に響いてくるようなその衝撃の正体とはなにかとずっと考えてきた。その正体が最近少し見えてきた気がする。

石牟礼道子の紡ぎ出す言葉の一つひとつには、いままでの文学にはなかった深い律動感のようなものがある。石牟礼文学には近代文学にはないもだえ神がいると書いた。苦難を背負う人の魂に道子の魂が入り込み、声なき声を聴き取って書く。いわば苦界にあるいのちの代弁者である。そこには作家の自我から発せられるメッセージ性や主張、使命感のようなものは一切見受けられない。極論すれば、いのちの声が深く響いているだけといっていい。私が衝撃を受けたのは、人の書いたものから初めてそうした感覚を受け取った驚きや感動だったのかもしれない。

いのちの声の代弁者となるのは、苦界にある人間だけではない。道子の魂は森羅万象をかけめぐり、すべての生類、精霊や死者たちの声までも、同じ立場で聞き取り、そのかそけき声をとらえて言葉にした。

だからこそ、道子の紡ぐ言葉には、深いところに響く律動がある。それは自然の持つ生命律のようなものだ。作家の赤坂真理氏が、『完本 春の城』の解説の中で、ゆっくり石牟礼作品を読むうちに傷が癒えてしまったことがある、と書いていた。作品の中に流れている太古の時間の流れのようなものが、いつの間にか傷を癒していたとある。それは私自身も心で経験したことであった。

しかし道子の作品は、ゆったりとした太古の時間の流れだけがあるわけではない。その言葉には、深いところから湧き出る泉のような生命のリズムがあるのだ。作品の内容はきわめて重く、人間のつらさや苦しみを極限まで含んでいるが、そこには確かな生命の律動がある。『苦海浄土』に登場する水銀毒に苦しむ人々の声にも、それはある。道子が魂に寄り添って聞き取っているからこそ聞こえる魂の律動である。苦しみつつも、おのれの生を生きている人の魂の律動を、道子は言葉に写し取った。その生命の脈動が聞こえるからこそ、その人間が置かれている闇がより深く迫るのである。

生物学者の福岡伸一氏によれば、生命の最大の特徴は、生産ではなく、代替、柔軟、可変、回復、修復にあるという。壊れた細胞を補塡したり、環境や欠落を常に補っていく営みが生命の一番大きな特徴なのだ。作ることより、壊すことが優先され、変わらないために変わり続ける。その分解と合成の絶え間ない均衡が、福岡氏の論考する「動的平衡」というものらしい。

石牟礼道子がそうした生命科学を心得ていたとは思えないが、直観的にそうした生命の在りようをとらえていたような気がしてならない。日々、回復と修復を繰り返す生命の営みは生類すべてに共通するものであろう。道子の文学に人を癒し回復させる力が宿るのは、生き物が持つその生命律によって言葉を紡ぎ出しているからではないか。道子が表現者となるとき、その生き物が体内化しているものが言霊となって乗り移るといった現象が起きているのかもしれない。

動物、植物、人間を、このように自然と一体となった生命律で表現できる人はいない。道子の書くものは、存在に対する感覚があふれている。そのエネルギーが読むものに伝播《でんぱ》して、力を与えるような気がする。道子が特異な文学者である所以はそこにある。

道子自身もまた先行きが見えず苦しいときに、木々に触れ、生命を育んだ原初の海を見て、自らを回復させる力を得たのだろう。闘争に疲れ果て、おもかさまに逢いに出かけたのも、道子にとって木々に触れることと同じであったろう。おもかさまは生きているときから魂を「自然」に返した人であったから。道子は幼いときから、自然に息づく精霊たちと遊び、いのちの声を聴くすべを知っていた。常にいのちの気配を感じ、いのちの近くにいる人であった。それゆえ、毒死した万物の声に身もだえ、苦界にあるいのちの代弁者となったのではないか。

いまの日本にいのちの声を聴き取れる人がどれだけいるだろうか。「大切」を知る人々がどんどんいなくなっていくなかで、石牟礼道子は聴き取る筆頭にいた人であった。

アルバイトや非正規で働く若者たちは、遊行民のごとく仕事を渡り歩く。点数の取れない、要領を得ない不器用な人間はどんどんはじかれ、排除されてゆく。質の悪い「本音主義」がネットに横行し、誰かを傷つけ糾弾することで溜飲《りゅういん》を下げる。近代における自我の確立とは、こんな殺伐とした存在確認であったのか。いまの日本に「出来そこないのわたしも居ってよかところ」(『天湖』、『全集』第一二巻)など、どこにもないように思える。

「情愛が足らんなあ」という道子の声が聞こえてきそうである。人間と人間の絆は自然への畏敬を通してしか回復できないと、渡辺京二氏はいう。石牟礼道子という文学者を生涯支えてきた人の言葉は、そのまま道子の思念と重なる。

対談の二日目に、道子さんは、体調がすぐれないにもかかわらず、私に合わせて着物を着てくださった。少し透けた夏用で、とても素敵であった。無理をさせてしまったのではないかと

2012年　著者と石牟礼　写真提供＝週刊金曜日

私が恐縮すると、「私も着物にしようかなと思いはじめました」と、笑顔で気遣いの言葉をいただいた。私の話す江戸の話にも興味を持って、楽しそうに聞いてくださった。ゆったりとした時間の中で存分に話したつもりが、まだまだ話し足りない。道子さんがたたずんだいくつもの渚の風景をもっとお聞きしたかった。

　毒死列島に祈りを捧げるもだえ神はもはやいない。縄文からの射程でいえば約三〇〇〇年あまり。そんな太古から来た人の物差しで見れば、魂の抜けた人間たちが愚かなことを繰り返し、一度滅びて生まれ直す歳月はどうということはないかもしれない。しかし、それは「生まれ直す力があれば」という条件付きである。

　救いというものはない。まず自分が人間になり直す作業を魂に課すこと。それが、日本人が成し遂げることができなかった魂の自立だと道子は言った。人間になり直すとは、自然を支配下に置こうとするのではなく、自然の中に入って生類たちとの連帯を取り戻すことであろう。それができなければ、人類は孤立し、破滅の一途をたどるだけである。

いま、道子さんはどこにいるのだろうか。生体膜の消えた宇宙の彼方か、ひゅんひゅんと鳴る川の神さんが下りてくる風の中か、あるいは再生しつつある不知火の海底か。

二〇二〇年八月、日本はまだ緊急事態のさなかのようだ。世界では一月中旬にたった一人だった新型コロナウイルスによる死者が、八カ月後のいま、九〇万人に迫ろうとしている。一月一一日に四一人からカウントが始まった感染者は二七〇〇万人を超え、さらに増えていくであろう。自然との共存ではなく介入と破壊が続けば、その波はこれからも何度も訪れ、もっと多くの人々が亡くなる。水俣病がそうであったように、事態は隠され、甘く見られ、やがて病者や濃厚接触者や医療従事者は差別された。誰もが当事者に成り得ることを想像しないことで、差別が起こる。国や地域や企業や経済が不利な状況に置かれるのを恐れて、事実を隠す、あるいは誤魔化す。同じことが繰り返されてきた。

願わくば、石牟礼道子には永遠のアニマとなって、衰弱しつつあるこの世の行く末を、その透徹するまなざしで見つめ続けてほしい。透明性を失っていくこの世で、隠しも隠れもせず事実を開示し、むき出しになったその弱さをさらしてほかとつながり、力を合わせて乗り越えていく世界になるよう、祈り続けてほしい。

胎児性水俣病患者。私もそうであったかもしれない時代の子供たちこそ、その目をまっすぐに私たちに向け、その弱さを私たちの前に開示した。死へ向かうその歩みからきっぱりと踵《きびす》を返して、彼らの言葉を全力で私たちに伝えてくれた石牟礼道子に、心からの感謝を捧げたい。

新作能『沖宮』。竜神、天草四郎の霊、一人おいて、あや。2018年10月6日、水前寺成趣園能楽殿　写真提供／毎日新聞社

おわりに

五〇年。私が石牟礼道子の言葉を心に刻んでから、それほど長い月日がたってしまった。もっと早く書けばよかった、という思いとともに、長く心にとどめておく作家がいることは、とても幸せなことだ、という思いもある。このように本を書き刊行にこぎつける過程では、多くの方々のお世話になった。

まず、石牟礼道子さんとの対談を企画してくださった『週刊金曜日』のもと編集者、野中大樹さんに感謝申し上げたい。二〇一一年の渡辺京二さんとの対談も実現してくださり、その後、石牟礼さんとの対談を企画してくださった。多くの作品を読んではきたが、やはり本書はこの対談を基本にして出来上がったのである。

その三年前の二〇〇八年八月、法政大学出身で、法政大学社会学部で教えている小林直毅教授が同行してくださり、当時熊本放送にいらした村上雅通さん（現在は長崎県立大学名誉教授）

の案内で水俣を歩いた。その記録は『週刊金曜日』（二〇〇八年七二五号）に掲載された。小林教授は『「水俣」の言説と表象』（藤原書店）の編者で、村上さんは『記者たちの水俣病』その他の優れたドキュメンタリーを制作した方だ。このときに、曽木《そぎ》発電所遺構から始まって水俣の全体像を見渡すことができた。この体験も、石牟礼道子を書くにあたって、大きな糧であった。小林直毅教授と村上雅通さんにも深く感謝している。

二〇一二年度から法政大学の社会学部長を務めた。その職務のために私は八月に熊本で講演することになり、石牟礼さんとの対談はそれもきっかけになったのである。しかし二〇一四年度からは総長に就任したことで、こんどは自由な出張や個人としての仕事は極めて制限された。石牟礼さんにも渡辺さんにもおめにかかれなくなり、ようやく渡辺さんとの再会が果たせたのは、石牟礼さんが亡くなって約半年後、二〇一八年八月のことだった。その時も熊本で講演があり、渡辺さんには法政大学のホームページに掲載するHOSEI ONLINEに、卒業生として登場していただいたのである。

渡辺さんは、「彼女が亡くなってから、僕は失業したような変な気持ちでいます。喪失感といいますか何と言えばいいのか、とにかく変なのです。これまで療養中の彼女の作家生活をみんなで支えてきたのですが、今はすることがなくなってしまった。口幅ったい言い方をすれば、彼女は僕を必要としてくれた。必要とされることが生き甲斐だった。人が生きていく上で、これ以上の生き甲斐はない。だから今は一日が長くてしかたがない」とおっしゃった。さらに、「亡くなってから作品を読み返して、改めて彼女は天才だと思いました。彼女は自分を小説家ではなく詩人と規定していました。古代の詩人は預言者、つまり言葉を預かる人でもあったことを考えると、彼女は文字通り天の言葉を預かった人だった」と。

「天の言葉を預かる人」とは、まさに古代から続く文学者の定義である。文学者は単に個人の意識の内部でのみ、自分中心に言葉を書き付ける人ではない。自らが生きているその時代の、その社会の、死者と生者に言葉を託され、その言葉を長い歴史の中に位置づけ、未来に向かって方向づける人なのである。

今どき、自分をそういう存在だと意識しているもの書きはそういないだろうが、石牟礼道子は意識以前に自然とそうなっていた。危機の中でこそ、言葉を預かる人が必要になる。今後、そのような作家は登場するのだろうか？　東日本大震災からはどうだろうか。このコロナ禍のなかからは、どうだろうか？　耳を澄まし、眼を配って、次の時代の石牟礼道子の登場を待ちたい。

総長の任務のあいだは、とても書けないと思っていたが、二人の強力な助っ人が現れた。フリーのライターとして多くの優れた仕事をこなして来られた宮内千和子さんと、集英社の伊藤直樹さんである。渡辺京二さん、小林直毅さんが法政大学の卒業生、というだけでなく、このお二人も偶然に、法政大学の卒業生だった。何度も総長執務室に来ていただき、伊藤さんの組み立てた構成のもとでインタビューを重ね、それを宮内さんに文章にしていただき、全体を三人で検討しながらまとめたのである。さらに、本書で使わせていただいた写真を提供してくださった宮本成美さんも、私が法政大学に入学した年に卒業なさっていた。

つまり本書は卒業生たちの熱意に支えられ、私にとってとても大事なテーマを共同で作った。そういう本である。それも、出発点は一九七〇年の法政大学の教室だったのである。そういう本を五〇年後に完成できたのは感慨深い。今回の本作りは単に、インタビューをうまくまとめたとか、ゴーストライターがいた、ということではなかった。石牟礼道子をどう考えるかについて議論し、互いの考えを練り上げ、今まで書かれてこなかった大事な点は何か、を共有して作ったのである。この経験から、著書というものを「ひとりで書くもの」と考え過ぎず、むしろ企画と思想こそが大切で、そこからあとは考え方を共有する複数のプロフェッショナルたちと共同で作り上げていくことも大切かもしれない、と思うようになった。

考えてみれば江戸時代に興った新しい思想は、私塾のなかでともに読み、学び、議論したことから生まれてきた。それを「会読」と言った。従来の考え方に固執せず、権威に頼らず、新たな時代に必要な「ものの見方」を生み出すには、そのように共同で読み、意見を闘わせ、それを書き記していくことが、存外に重要なのかも知れない。

そんなことを気づかせてくれたのも、人に寄り添って書き続けた石牟礼道子であった。これからも日本と世界の文学において、石牟礼道子は特別な存在であり続けるだろう。

ともに仕上げてくださった皆さんに、心より、感謝申し上げたい。

田中優子

二〇二〇年九月

参考文献

『石牟礼道子全集 不知火』藤原書店　二〇〇四～二〇一四年
第一巻　初期作品集
第二巻　『苦海浄土』第一部「苦海浄土」、第二部「神々の村」
第三巻　『苦海浄土』第三部「天の魚」、関連エッセイ
第四巻　『椿の海の記』ほか、エッセイ一九六九～一九七〇年
第五巻　『西南役伝説』ほか、エッセイ一九七一～一九七二年
第六巻　『常世の樹』『あやはべるの島へ』ほか、エッセイ一九七三～一九七四年
第七巻　『あやとりの記』ほか、エッセイ一九七五年
第八巻　『おえん遊行』ほか、エッセイ一九七六～一九七八年
第九巻　『十六夜橋』ほか、エッセイ一九七九～一九八〇年
第一〇巻　『食べごしらえ おままごと』ほか、エッセイ一九八一～一九八七年
第一一巻　『水はみどろの宮』ほか、エッセイ一九八八～一九九三年
第一二巻　『天湖』ほか、エッセイ一九九四年
第一三巻　『春の城』ほか
第一四巻　短篇小説・批評、エッセイ一九九五年
第一五巻　全詩歌句集 ほか、エッセイ一九九六～一九九八年

第一六巻　新作 能・狂言・歌謡 ほか、エッセイ一九九九～二〇〇〇年
第一七巻　詩人・高群逸枝、エッセイ二〇〇一～二〇〇二年
別巻　自伝・年譜
『石牟礼道子〈句・画〉集 色のない虹』石牟礼道子　弦書房　二〇二〇年
『完本 春の城』石牟礼道子　藤原書店　二〇一七年
『苦海浄土 全三部』石牟礼道子　藤原書店　二〇一六年
『新装版 苦海浄土―わが水俣病』石牟礼道子　講談社文庫　二〇〇四年
『毒死列島 身悶えしつつ―追悼 石牟礼道子』石牟礼道子、田中優子、高峰武、宮本成美　金曜日　二〇一八年
『検証 島原天草一揆』大橋幸泰　吉川弘文館　二〇〇八年
『女性の歴史（上・下）』高群逸枝　講談社文庫　一九七二年
『招婿婚の研究1』高群逸枝全集第2巻　高群逸枝、橋本憲三　理論社　一九六六年
『招婿婚の研究2』高群逸枝全集第3巻　高群逸枝、橋本憲三　理論社　一九六六年
『母系制の研究（上・下）』高群逸枝　講談社文庫　一九七九年
『火の国の女の日記（上・下）』高群逸枝　講談社文庫　一九七四年
『新作能「沖宮」イメージブック』石牟礼道子、志村ふくみ、金剛龍謹、石内都　求龍堂　二〇一八年
『新作能「沖宮」DVDブック』石牟礼道子、志村ふくみ、牛島悟郎、上杉遥　求龍堂　二〇一九年
『書経 上』新釈漢文大系25　明治書院　一九八三年

『国語 上』新釈漢文大系66 明治書院 一九七五年
『抱朴子・列仙伝・神仙伝・山海経』中国古典文学大系8 平凡社 一九六九年
『新訂 字統』白川静 平凡社 二〇〇四年
『新編 悪場所の発想』廣末保 ちくま学芸文庫 二〇〇二年
『漂泊の物語』廣末保著作集第一〇巻 影書房 二〇〇〇年
『アメノウズメ伝―神話からのびてくる道』鶴見俊輔 平凡社ライブラリー 一九九七年
『増補 無縁・公界・楽』網野善彦 平凡社ライブラリー 一九九六年
『チッソは私であった』緒方正人 葦書房 二〇〇一年
『共視論―母子像の心理学』北山修編 講談社選書メチエ 二〇〇五年
『鄙《ひな》への想い』田中優子 清流出版 二〇一四年
『カムイ伝講義』田中優子 ちくま文庫 二〇一四年
『布のちから―江戸から現在へ』田中優子 朝日文庫 二〇二〇年
『評伝 石牟礼道子―渚に立つひと』米本浩二 新潮社 二〇一七年
『「フクシマ」論―原子力ムラはなぜ生まれたのか』開沼博 青土社 二〇一一年
『まだ名づけられていないものへ または、すでに忘れられた名前のために―宮本成美・水俣写真集』宮本成美 現代書館 二〇一〇年
『もうひとつのこの世―石牟礼道子の宇宙』渡辺京二 弦書房 二〇一三年
『預言の哀しみ―石牟礼道子の宇宙Ⅱ』渡辺京二 弦書房 二〇一八年

田中優子（たなか ゆうこ）

一九五二年神奈川県生まれ。法政大学社会学部教授（近世文学）等を経て法政大学総長。二〇〇五年紫綬褒章受章。著書に『江戸の想像力』（ちくま学芸文庫／芸術選奨文部大臣新人賞受賞）、『近世アジア漂流』（朝日文芸文庫）、『江戸百夢　近世図像学の楽しみ』（ちくま文庫／芸術選奨文部科学大臣賞、サントリー学芸賞受賞）、『江戸の恋――「粋」と「艶気」に生きる』（集英社新書）、『カムイ伝講義』（ちくま文庫）、『布のちから　江戸から現在へ』（朝日文庫）など多数。

苦海《くかい》・浄土《じょうど》・日本《にほん》　石牟礼道子《いしむれみちこ》　もだえ神《がみ》の精神《せいしん》

集英社新書一〇四〇F

二〇二〇年一〇月二一日　第一刷発行

著者……田中優子《たなかゆうこ》

発行者……樋口尚也

発行所……株式会社集英社

東京都千代田区一ツ橋二-五-一〇　郵便番号一〇一-八〇五〇

電話　〇三-三二三〇-六三九一（編集部）

〇三-三二三〇-六〇八〇（読者係）

〇三-三二三〇-六三九三（販売部）書店専用

装幀……原　研哉

印刷所……大日本印刷株式会社　凸版印刷株式会社

製本所……加藤製本株式会社

定価はカバーに表示してあります。

ISBN 978-4-08-721140-5 C0291

a pilot of wisdom

集英社新書　好評既刊

文芸・芸術――F

フランス映画史の誘惑　中条省平
ピカソ　瀬木慎一
超ブルーノート入門　完結編　中山康樹
日本の古代語を探る　西郷信綱
必笑小咄《こばなし》のテクニック　米原万里
小説家が読むドストエフスキー　加賀乙彦
喜劇の手法　笑いのしくみを探る　喜志哲雄
米原万里の「愛の法則」　米原万里
官能小説の奥義　永田守弘
日本人のことば　粟津則雄
現代アート、超入門！　藤田令伊
俺のロック・ステディ　花村萬月
マイルス・デイヴィス　青の時代　中山康樹
現代アートを買おう！　宮津大輔
小説家という職業　森博嗣
美術館をめぐる対話　西沢立衛

音楽で人は輝く　樋口裕一
オーケストラ大国アメリカ　山田真一
証言　日中映画人交流　劉文兵
荒木飛呂彦の奇妙なホラー映画論　荒木飛呂彦
耳を澄ませば世界は広がる　川畠成道
あなたは誰？　私はここにいる　姜尚中
素晴らしき哉、フランク・キャプラ　井上篤夫
フェルメール　静けさの謎を解く　藤田令伊
司馬遼太郎の幻想ロマン　磯貝勝太郎
ＧＡＮＴＺなＳＦ映画論　奥浩哉
池波正太郎「自前」の思想　佐高信　田中優子
世界文学を継ぐ者たち　早川敦子
あの日からの建築　伊東豊雄
至高の日本ジャズ全史　相倉久人
ギュンター・グラス「渦中」の文学者　依岡隆児
キュレーション　知と感性を揺さぶる力　長谷川祐子
荒木飛呂彦の超偏愛！映画の掟　荒木飛呂彦

a pilot of wisdom

水玉の履歴書　草間彌生
ちばてつやが語る「ちばてつや」　ちばてつや
書物の達人 丸谷才一　菅野昭正・編
原節子、号泣す　末延芳晴
日本映画史110年　四方田犬彦
読書狂《ビブリオマニア》の冒険は終わらない！　三上延・倉田英之
文豪と京の「庭」「桜」　海野泰男
アート鑑賞、超入門！ 7つの視点　藤田令伊
なぜ『三四郎』は悲恋に終わるのか　石原千秋
荒木飛呂彦の漫画術　荒木飛呂彦
盗作の言語学 表現のオリジナリティーを考える　今野真二
世阿弥の世界　増田正造
ヤマザキマリの偏愛ルネサンス美術論　ヤマザキマリ
テロと文学 9・11後のアメリカと世界　上岡伸雄
漱石のことば　姜尚中
「建築」で日本を変える　伊東豊雄
子規と漱石 友情が育んだ写実の近代　小森陽一

安吾のことば「正直に生き抜く」ためのヒント　藤沢周 編
いちまいの絵 生きているうちに見るべき名画　原田マハ
松本清張「隠蔽と暴露」の作家　高橋敏夫
私が愛した映画たち　吉永小百合 取材・構成 立花珠樹
タンゴと日本人　生明俊雄
源氏物語を反体制文学として読んでみる　三田誠広
堀田善衞を読む 世界を知り抜くための羅針盤　池澤夏樹 ほか
三島由紀夫 ふたつの謎　大澤真幸
慶應義塾文学科教授 永井荷風　末延芳晴
レオナルド・ダ・ヴィンチ ミラノ宮廷のエンターテイナー　斎藤泰弘
モーツァルトは「アマデウス」ではない　石井宏
「井上ひさし」を読む 人生を肯定するまなざし　小森陽一・成田龍一 編著
百田尚樹をぜんぶ読む　杉田俊介・藤田直哉
北澤楽天と岡本一平 日本漫画の二人の祖　竹内一郎
音楽が聴けなくなる日　宮台真司・永田夏来・かがりはるき
谷崎潤一郎 性慾と文学　千葉俊二
英米文学者と読む「約束のネバーランド」　戸田慧

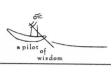

集英社新書　好評既刊

哲学・思想――C

日本の行く道	橋本　治
「世逃げ」のすすめ	ひろさちや
悩む力	姜　尚中
夫婦の格式	橋田壽賀子
神と仏の風景「こころの道」	廣川勝美
無の道を生きる――禅の辻説法	有馬頼底
新左翼とロスジェネ	鈴木英生
虚人のすすめ	康　芳夫
自由をつくる 自在に生きる	森　博嗣
創るセンス 工作の思考	森　博嗣
天皇とアメリカ	吉見俊哉 テッサ・モーリス-スズキ
努力しない生き方	桜井章一
いい人ぶらずに生きてみよう	千　玄室
不幸になる生き方	勝間和代
生きるチカラ	植島啓司
韓国人の作法	金　栄勲
強く生きるために読む古典	岡　敦
自分探しと楽しさについて	森　博嗣
人生はうしろ向きに	南條竹則
日本の大転換	中沢新一
空《くう》の智慧、科学のこころ	ダライ・ラマ十四世 茂木健一郎
小さな「悟り」を積み重ねる	アルボムッレ・スマナサーラ
科学と宗教と死	加賀乙彦
犠牲のシステム　福島・沖縄	高橋哲哉
気の持ちようの幸福論	小島慶子
日本の聖地ベスト100	植島啓司
続・悩む力	姜　尚中
心を癒す言葉の花束	アルフォンス・デーケン
自分を抱きしめてあげたい日に	落合恵子
その未来はどうなの？	橋本　治
荒天の武学	内田　樹 光岡英稔
武術と医術 人を活かすメソッド	甲野善紀 小池弘人
不安が力になる	ジョン・キム

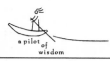

a pilot of wisdom

集英社新書　好評既刊

変われ！東京　自由で、ゆるくて、閉じない都市
隈 研吾／清野由美　1028-B
コロナ後の東京はどう変わるのか。都市生活者に「小さな場所」という新たな可能性を提示する。

「生存競争《サバイバル》」教育への反抗
神代健彦　1029-E
低迷する日本経済を教育で挽回しようとする日本の教育政策への、教育学からの反抗。確かな希望の書！

谷崎潤一郎　性慾と文学
千葉俊二　1030-F
谷崎研究の第一人者が作品を詳細に検証。魅惑的な女性の美しさを描き続けた作家の人生観に迫る。

英米文学者と読む「約束のネバーランド」
戸田 慧　1031-F
気鋭の研究者が大ヒット漫画を文学や宗教から分析。大人気作品の考察本にして英米文学・文化の入門書。

全体主義の克服
マルクス・ガブリエル／中島隆博　1032-C
世界は新たな全体主義に巻き込まれつつある。その現象を哲学的に分析し、克服の道を示す画期的な対談！

東京裏返し　社会学的街歩きガイド
吉見俊哉　1033-B
周縁化されてきた都心北部はいま中心へと「裏返し」されようとしている。マップと共に都市の記憶を辿る。

人に寄り添う防災
片田敏孝　1034-B
私たちは災害とどう向き合うべきなのか。様々な事例や議論を基に、「命を守るための指針」を提言する。

人新世の「資本論」
斎藤幸平　1035-A
資本主義が地球環境を破壊しつくす「人新世」の時代。気鋭の経済思想家が描く、危機の時代の処方箋！

国対委員長
辻元清美　1036-A
史上初の野党第一党の女性国対委員長となった著者が国会運営のシステムと政治の舞台裏を明かす。

プロパガンダ戦争　分断される世界とメディア
内藤正典　1037-B
権力によるプロパガンダは巧妙化し、世界は分断の局面にある。激動の時代におけるリテラシーの提言書。